KB078453

Return
Avenger

귀환해서
복수한다

귀환해서 복수한다 5

홍성은 장편소설

초판 1쇄 찍은 날 § 2016년 9월 26일
초판 1쇄 펴낸 날 § 2016년 10월 3일

지은이 § 홍성은
펴낸이 § 서경석

편집책임 § 이지연

펴낸곳 § 도서출판 청어람
등록번호 § 제387-1999-000006호
등록일자 § 1999. 5. 31
어람번호 § 제1-2532호

주소 § 경기도 부천시 원미구 부일로 483번길 40 서경B/D 3F (우) 14640
전화 § 032-656-4452 팩스 § 032-656-4453
http://www.chungeoram.com
E-mail § chungeorambook@daum.net

ⓒ 홍성은, 2016

ISBN 979-11-04-90982-5 04810
ISBN 979-11-04-90861-3 (세트)

※ 파본은 구입하신 서점에서 교환하여 드립니다.
※ 저자와 협의하여 인지를 붙이지 않습니다.
※ 이 책은 도서출판 청어람과 저작자의 계약에 의해 출판된 것이므로,
   무단 전재 및 유포·공유를 금합니다.

홍성은 장편소설

FUSION FANTASTIC STORY

Return Avenger

귀환해서 복수한다

5

[완결]

도서출판
청어람

C O N T E N T S

Return Avenger

귀환해서 복수한다

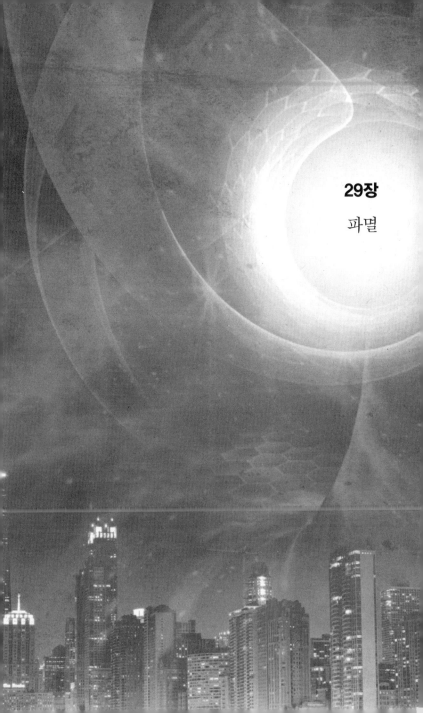

29장

파멸

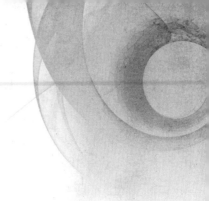

　김인수가 포탈을 열어 온 곳은 다름 아닌 조상평의 은신처였다. 조상평은 열린 포탈을 멍하니 쳐다보다가 거기서 에스파다 도 오르덴이 나오자 급히 고개를 숙였다.

　"오르덴이시여! 다시 뵙게 되어 영광입니다!"

　요즘 조상평의 은신처를 유곽희와 만날 때마다 쓰고 있어서 꽤 자주 보는 데도 불구하고 조상평은 아직도 에스파다 도 오르덴을 보는 게 감격스러운지 떨리는 목소리로 외쳤다.

　"그래, 별일 없나?"

　"오르덴의 가호 아래 모든 것이 평안합니다."

"이제부터는 그렇게 되진 않을 거야."

김인수는 다소 가학적으로 말했다.

"방금 내가 진가엽을 죽이고 오는 길이거든."

"오르덴께서 옳은 일을 행하셨군요!"

태연하게 대꾸하는 걸 보니, 이 조상평이라는 인간도 첫 인상과는 꽤 달라져 버린 것 같았다.

"자네도 에스파다 도 오르덴의 협력자로서 WF에게 다시 쫓기게 될지도 몰라. 그걸 뿌리칠 수 있을 정도로 자네들이 강해졌는지 모르겠군. 어때?"

"저희는 그저 매일매일 최선을 다할 뿐입니다."

그건 꽤 괜찮은 대답이었다. 지나치게 자신만만하지도 않았고 비굴하지도 않았다. 정말로 최선을 다했기에 자신이 섬긴다고 공언하는 에스파다 도 오르덴에게 이런 말을 할 수 있는 것일 터였다.

"내가 죽인 건 겨우 진가엽 하나일 뿐이야. 다른 진가엽이 곧 나올 테지."

그렇기에 김인수는 조상평에게 더 많은 걸 밝힐 생각이 들었다.

"예? 그게 무슨……."

조상평은 어리둥절해했다. 정상적인 반응이었다.

"WF가 인간 복제 기술을 갖췄단 이야기일세. 그것만 갖춘

것도 아니었고 말일세. 자네가 생각하던 것보다 강적일지도 몰라."

"인간 복제······."

조상평은 전혀 몰랐던 듯, 충격이라도 받은 것같이 김인수의 말을 되풀이하고 있었다. 김인수에겐 그런 그를 위로할 생각은 추호도 없었다.

"저 가짜 가면은 이제 벽에서 떼게! 대신 이걸 받아두게. 자네들 몫의 가면이야."

"오, 오오!"

조상평은 떨리는 손으로 김인수가 내민 강철 가면을 받아들었다.

"이걸 쓴 동안은 자네들의 정체는 숨겨질 걸세. 조금 더 쉽게 도망칠 수 있을 거야."

"영광입니다!"

조상평은 바닥에 납작 엎드리며 대답했다.

"대신이라고 하기엔 좀 뭐 하지만, 이것도 좀 받아두게."

김인수는 차원 금고에서 목이 부러진 유곽희를 꺼냈다. 축 늘어져 있었지만 아직 죽지는 않았다. 유곽희의 목에 차원력을 불어넣고 부러진 목뼈를 다시 맞춘 후, 김인수는 유곽희를 조상평에게 떠넘겼다.

"아가임이 회수하러 올 거야. 만약의 경우에 그러라고 해두었으니. 그가 찾아오면 이 여자를 넘겨주게."

"알겠습니다, 에스파다 도 오르덴이시여. 이 여성도 저희에게 있어선 은인 중 하나입니다. 반드시 맡은 바 임무를 성공적으로 수행토록 하겠습니다."

조상평의 대답에 만족한 김인수는 고개를 한 번 끄덕여 주고 조상평의 은신처에서 나왔다. 몸을 숨기기에는 썩 괜찮은 장소지만, 김인수는 여기 머물 생각이 없었다. 행선지를 한 번 더 꼬아둘 생각이었다.

*   *   *

김인수는 에스파다 도 오르덴의 가면을 벗고 최재철의 모습으로 취했다. 그는 그 상태로 파주의 대형 의류 직판장에서 팬티 두 장을 산 후 버스를 타고 최재철의 자택으로 돌아왔다.

"후."

짧게 한숨을 내쉰 후, 최재철은 차원 금고에 저장해 두었던 동료들을 꺼냈다. 가면을 쓴 채 전투태세를 취하며 주변을 경계하는 현오준을 비롯한 길드원들이 조금쯤은 유쾌하게 보였지만, 최재철은 별로 웃을 기분은 아니었다.

"어떻게 된 거예요, 선생님?"

가장 먼저 가면을 벗으며 입을 연 오연화가 질문했다.

"암살에는 성공했어."

그렇게 대답한 최재철을 바라보며, 현오준이 이상하다는 듯 물었다.

"그런데 표정이 왜 그렇습니까? 저희가 나설 필요도 없이 해결된 거면 좋은 것 아닙니까?"

최재철은 TV를 틀었다. TV에는 죽었을 터인 진가염이 나와서 뭔가를 열심히 떠들고 있었다.

진가염이 떠들고 있는 내용은 인간의 어보미네이션화에 대한 것이었다. 어제 큰 화제를 불러일으킨 다큐멘터리의 제작은 어느새 WF가 감수한 것으로 되어 있었다. 그 다큐멘터리의 해설과 질의응답을 위해 특별 좌담회가 긴급 편성되었다고 한다.

"암살에는 성공했지만, 작전 목적을 이루는 데는 실패했거든요."

진가염을 암살함으로써 WF의 경계 태세에 구멍을 뚫고 그 혼란을 틈타 차원 균열을 닫는다. 그것이 이번 작전의 목적이었다. 진가염의 죽음은 수단에 지나지 않았다.

"진가염은 처음부터 두 명이었던 겁니다. 아니, 어쩌면 더 많을지도 모르죠."

가능성이 전혀 없다고는 보지 않았지만, 낮다고는 봤다.

그야 처음부터 복제품을 만들어두는 게 편리하긴 하다. 하지만 그만큼 부작용이 있기 때문에 인간 복제는 꺼려지는 법이다.

누가 자신의 역할을 다른 누군가가 언제든 대신할 수 있다는 걸 유쾌하게 받아들이겠는가? 권력자일수록 그런 걸 싫어하게 마련이다. 하지만 불과 두 시간 전에 죽은 진가염이 지금은 TV 생방송에 나오고 있는 걸 보니, 진가염은 그 불쾌한 짓을 한 모양이었다.

진가염이 변태가 아닌 이상은 다른 누군가의 지시가 있었기에 한 짓일 터였다. 그리고 그 다른 누군가는 진가규일 가능성이 매우 높았다.

진가염이 굳이 지금 TV에 출연하고 있는 것도 WF 측이 에스파다 도 오르덴의 속셈을 간파했기 때문이리라. 명령 체계는 무너지지 않았고, 모든 것이 정상이라는 것을 선전하기 위한 수단으로 이보다 더 좋은 것도 드물 것이다.

─WF는 한국 사회와 인류 문명을 지키기 위해 최선을 다할 것입니다!

진가염이 소리 높여 외치고 있었다. 듣기에는 좋지만, 바로 어제 일어날 뻔했던 시위에 대한 이야기인 게 분명했다.

열이 확 올라왔다.

"잠깐, 저거 생방송이지?"

"위에 라이브라고 붙어 있는 걸 보니 맞는 것 같네요."

이지희가 대답했다.

"잠깐 다녀올게."

"어디로요?"

"저기."

최재철은 에스파다 도 오르덴의 가면을 쓰면서 말했다. 그의 손가락 끝은 TV 화면을 가리키고 있었다.

*   *   *

계획에는 없었다. 다소 즉흥적인 행동이었다. 그렇다고 최소한도의 준비조차 안 하고 갈 수는 없었다. 김인수가 포탈을 열고 온 장소는 추경준의 은신처였다.

"에스파다 도 오르덴!"

"혹시 남는 옷 있나?"

"있습니다만……."

"흠, 쇼핑은 하고 사는 모양이로군. 뭐, 좋아. 그걸 좀 빌려 주게."

"상관은 없습니다만 왜 그러시죠?"

"이놈한테 입힐 옷이 필요해."

김인수는 차원 금고에 잘 보관해 두었던 진가염의 머리를 꺼냈다. 그러자 그 머리를 기점으로 순식간에 몸이 재생되었다.

"우왓!"

추경준은 놀라서 되살아난 진가염의 얼굴에다 주먹을 휘둘렀다. 퍽! 진가염은 피를 토하며 쓰러졌다.

"그 반응은 이해하네만, 지금은 그만두게. 그보다 나와 어딜 함께 좀 가줘야겠어."

"어디 말입니까?"

"방송국. 아, 그 전에 이놈에게 옷을 먼저 좀 입혀야겠군."

되살아난 진가염은 알몸이었다. 원래 입고 있던 옷은 그의 시체가 입고 있으니 당연했다.

"자네는… 추경준인가? 살아 있었군. 그런데 지금 자네가 날 때린 건가?"

진가염은 아직 상황 파악이 잘 안 된 건지 추경준을 바라보며 그런 소릴 하고 있었다.

"상황 파악도 못 하는 소리는 그만 떠들고 옷이나 입게."

김인수는 진가염의 머리를 붙잡고 명령했다. 그의 철가면을 보고나서야 진가염은 지금 상황이 어떻게 돌아가고 있는지 그제야 좀 눈치챈 듯, 말없이 주섬주섬 추경준이 던져준 옷을 집어 입기 시작했다.

"자, 그럼 가지."

"예, 에스파다 도 오르덴."

김인수는 진가염을 붙들고 초시공의 팔찌로 포탈을 열었다. 추경준에게 미리 말한 대로, 그들이 향한 곳은 방송국이었다.

*　　　*　　　*

방송국에 간다고 해도 초시공의 팔찌로 포탈을 열 수 있는 장소는 한정되어 있었다. 가본 적이 있는 곳이나, 아는 사람이 있는 곳.

게다가 아는 사람이라고는 해도 그냥 얼굴과 이름만 아는 정도로는 안 되고, 그 사람을 직접 만나 '존재를 인지'하는 작업이 필요하다. 사람마다 등록 코드 같은 것이 있고 그걸 알아야 한다고 생각하면 대충 들어맞는다.

사실 김인수는 방송국에 아는 사람이 없다. 그러므로 방송국에다 바로 포탈을 열 수는 없다. 원래대로라면 말이다.

"그런데 바로 저기, 딱 한 사람 있지."

TV 화면을 가리키며, 김인수는 말했다. 다행히 방송은 아직 계속되고 있었다. 진가염은 아직도 뭐라고 열심히 떠들고 있었다. 시청자 질문에 대답하고 있는 모양이었는데, 그 질문이란 게 미리 협의한 내용인 것이 분명해 보였다.

"자, 그럼 갈까?"

TV 화면에 진가염으로부터 5m 떨어진 지점에 푸른색의 포탈이 열리는 것이 보였다. 김인수가 연 것이었다. 뜻밖의 방송 사고에 진가염은 놀라는 표정이었다.

김인수의 '아는 사람'이란 건 다름 아닌 진가염을 뜻한다. 손수 목까지 썰어준 사이인데 모르는 사람일 리는 없었다. 정확하게 따지자면 다른 개체겠지만, 복제 인간이니 '등록 코드'는 같았다. 포탈이 문제없이 열린 게 그 증거였다.

방송은 아직 중단되지 않았다. 김인수는 포탈을 통과했다.

이제 그는 TV 화면 안에 있다. 그렇게 보일 것이다.

*   *   *

"에스파다 도 오르덴!"

포탈을 통해 나온 김인수를 보자마자 진행자가 어찌나 놀랐는지 마이크도 안 끄고 그렇게 소리를 질렀다.

"시청자 여러분, 죄송합니다. 아, 죄송합니다. 예, 잠시만……. 마이크 좀, 아니, 그 전에, 에스파다 도 오르덴… 씨?"

"네."

"지금은 생방송 중입니다. 혹시… 출연해 주실 수 있으십니까?"

"그러려고 왔습니다."

"알겠습니다. 감사합니다."

진행자는 감격한 듯 말했다. 그리고 스태프로부터 받은 마이크를 에스파다 도 오르덴에게 주었다.

"지금 뭐 하는 겁니까?"

진가염이 날카로운 시선을 진행자에게 던졌지만, 진행자는 진가염 쪽을 쳐다보지 않았다.

"시청자 여러분, 에스파다 도 오르덴 씨가 오셨습니다. 이분에 대해서 간략하게 소개해 드리자면……."

"테러리스트에 살인자, 우리 회사에 심각한 해악을 끼친 악당이지."

진행자의 말을 끊고 진가염이 말했다.

"질서의 검이오. 차원 질서를 지키기 위해 차원 균열을 닫고 다니는 존재지."

진가염의 말을 받아서 김인수가 말했다.

"그래, 넌 우리 소유의 차원 균열을 닫았어. 그게 얼마나 큰 가치를 갖고 있는지도 이해하지 못하는 머저리야."

이미 진행자는 안중에도 없는 듯, 진가염이 나서서 말했다.

"저, 진가염 씨? 생방송이니 표현을 조금……."

"우리 회사가 저자 때문에 얼마나 큰 피해를 봤는지 아는가? 자그마치 10조일세! 그것도 차원 균열의 가치만 따졌을 때의 이야기지, 경제 효과를 따져보면 훨씬 큰 피해를 봤네. 어지간한 국가의 예산이 저자가 저지른 행위 때문에 날아갔어!! 그런데 나더러 표현을 자중하라고?"

진가염은 흥분해서 외쳤다. 그리고 에스파다 도 오르덴에게 삿대질을 했다.

"저자는 악당이자 범죄자고, 이 나라에 큰 피해를 가져다준 매국노야! 뭐 하나? 얼른 저자를 체포하지 않고!"

"4년 전에."

에스파다 도 오르덴은 입을 열었다.

"차원 균열로 수학여행을 떠난 아이들이 있었지. 기억하는가?"

스튜디오 안은 조용해졌다. 요 4년간, 그 일을 거론하는 자는 없었다. 모두 잊으려고 하는 일이었다. 위에서 잊으라고 강요하는 일이었다.

"다큐멘터리를 틀어줘서 고맙네, 진가염. 이제는 모두가 알게 되었지. 사람이 어보미네이션으로 변할 수 있다는 것을……. 그리고 그런 일이 차원 균열 주변에서 특히 빈번히 일어난다는 것 또한, 어제부로 밝혀지게 되었네."

"저놈의 입을 막아!!"

진가염은 외쳤다. 검은 양복을 입은 남자들이 스튜디오 안에 뛰어 들어왔다. 경찰은 아니었다. 그들은 모두 어벤저였다.

아마도 진가염의 경호원일 터였다.

그러나 안타깝게도 에스파다 도 오르덴이 아예 생방송 현장에 뛰어들 거라고는 생각하지 않았는지 그리 수준이 높지는 않았다. 김인수는 허공에 손가락을 한 번 슥 긋는 것만으로 경호원들을 카메라가 비추는 곳 밖으로 몰아냈다. 염동력이었다.

진행자를 비롯한 방송 스태프들은 놀란 눈빛으로 김인수를 바라보았지만, 김인수는 아무렇지도 않은 듯 이야기를 계속할 뿐이었다.

"북양여고 수학여행 참사는 자연재해가 아닐세. WF에 의한 인재지. 사고가 아닌 사건일세."

"무슨 근거로 그런 소리를!"

"그렇다면 4년 전에 세계에서 가장 발전된 차원 기술을 지닌 자네들이 '인간이 어보미네이션으로 변한다'는 것도 몰랐다고 말할 셈인가?"

진가염은 바로 대답하지 못했다. 그 망설임이 대답이나 다름없었다.

"그래, 자네들은 알고 있었어. 그럼에도 수학여행지로 차원 균열 견학이라는 말도 안 되는 기획을 입안했고 실행했지. 목적이 뭔가? 아니, 그냥 돈을 버는 것이었겠지. 차원 균열 견학에 사용된 시설은 모두 WF의 소유였고, 그 많은 학생을 불러오는 것만으로도 꽤 괜찮은 돈벌이가 되었을 테니 말이 야."

후, 하고 짧은 한숨을 내쉰 김인수는 계속 이어서 말했다.

"아무리 나라도 설마 어보미네이션을 고의로 발생시켰다고 는 생각하진 않네. 참사로 이어질 가능성이 매우 높다는 걸 자네들도 알고는 있었겠지만 말일세. 흠, 그래서 그 참사에서 발생된 어보미네이션 시체는 누가 챙겼지? 아, 자네들이었지. 돈 좀 벌었군그래."

"카메라 꺼! 끄라고!!"

진가엽은 카메라 감독에게 명령했지만 그는 홀린 듯 계속 해서 에스파다 도 오르덴을 찍고 있었다. 마이크도 꺼지지 않 았다. 이들 제작진은 분명 WF에 의해 제어되고 있었을 터였지 만 지금은 아니었다. 김인수는 마이크에다 대고 계속해서 말 했다.

"자네가 지금껏 TV를 통해 떠든 것만큼 차원 균열은 안전 한 존재가 아닐세. 그건 사람을 죽이지. 비단 북양여고 수학 여행 참사를 가리키는 것만은 아니야. 훨씬 더 많이 죽었지. 작년에 이 나라에서 실종된 사람 수만 다섯 자리일세. 다섯 자리. 말이 안 되는 수치지."

"빨리 꺼! 마이크라도 꺼!!"

진가엽은 고래고래 소리 질렀다. 그러나 꺼진 것은 오히려 진가염의 마이크였다.

이건 김인수도 예측하지 못한 전개였다. 김인수는 카메라가 꺼지자마자 진가염의 목을 날릴 생각을 하고 있었다. 그러나 방송은 계속되고 있었다. 진행자도, 스태프도, 그리고 담당 프로듀서조차도 전부 진가염에게 '반역'하고 있었다.

아니, 반역이라는 단어는 적절치 않다. 이 방송국은 물론 WF의 소유다. 하지만 이 방송국은 정규직을 해고하고 외주로 방송을 돌리고 있었다.

여기 스태프들도 WF 소속은 아니었다. 갑을의 관계는 있겠지만 원칙적으로는 평등한 계약관계. 이들이 WF에 충성해야 할 의무는 없었다.

그래도 WF에게 잘 보여서 나쁠 건 없겠지만, 그보다는 시청률이라는 실적, 그리고 이 역사적인 방송을 자신들의 손으로 만들어보겠다는 욕심, 약간의 덤으로 정의와 진실을 추구하고자 하는 마음이 더 컸으리라.

김인수로서는 의외이기는 했지만 판은 깔렸다. 그렇다면 쇼를 계속해야 했다.

"하지만 '사람이 어보미네이션으로 변한다'는 걸 알게 된 이상, 이게 그저 우연히 올해만 실종자가 많이 나왔다고 생각하지는 않게 됐겠지. 그리고 그 원인이 차원 균열이라는 것도 알게 되었네."

"방송을 끝내!"

진가염은 꺼진 마이크에다 대고 고래고래 소리를 지르고 있었다. 김인수는 상관하지 않았다.

"사람이야 언젠가 죽게 마련이지만, 한꺼번에 너무 많이 죽었어. 너무 많은 죽음은 차원의 질서를 흐트러뜨리지."

그제야 김인수는 입에서 마이크를 떼어내었다. 그러자 진가염도 스태프들에게 방송을 끝내라는 종용을 하지 않게 되었다. 대신 그는 김인수를 노려보며 말했다.

"이제 와서 정의의 화신 행세라도 할 셈인가?"

"아니, 나는 질서의 화신일세."

김인수는 태연하게 말했다.

"어차피 내가 닫은 만큼 자네들은 새로운 차원 균열을 열어젖혔지 않은가? 자네들은 자네들 나름대로 균형을 맞췄지."

"잠깐만요. 새로운 차원 균열을 열었다고요?"

이제껏 잠자코 듣고 있던 진행자가 나서서 물었다.

"차원 균열은 자연 발생 하는 게 아니었습니까? 인위적으로 새 차원 균열을 열 수 있다는 말은 들어본 적이 없는데요?"

"지금 들었지 않은가?"

"혹시 그 주장을 뒷받침할 수 있는 근거 같은 것 있습니까? 아니, 죄송합니다. 시청자분들께서도 이 문제에 대해서는 확실히 짚고 넘어가고 싶으신 분이 많을 것으로 사료되므로……."

"근거라, 증인은 어떤가?"

김인수는 진행자의 대답을 듣지 않았다. 대신 차원 금고에서 사람을 하나 꺼냈다.

"추경준! 자네, 에스파다 도 오르덴에게 항복한 건가?"

진가염이 놀라 외쳤다.

"이자는 WF 소속이고, 차원 균열이 열리는 현장에 있는 걸 내가 잡아왔다네. 물론 열리다 만 차원 균열은 내가 닫았고."

방금 김인수가 말한 내용을 진가염이 모를 리는 없었다. 이 이야기는 진가염에게 대고 한 이야기가 아니었다. 이 생방송 시청자들에게 한 말이었다.

"추경준 씨? 방금 에스파다 도 오르덴 씨가 하신 말씀이 사실입니까?"

"네, 맞습니다."

진행자의 질문에 추경준은 별로 망설이지도 않고 대답했다.

"추경준! 이 배신자가!! 아니야, 사기야! 거짓말을 하고 있는 거야!! 돈 받았냐?!"

"내가 WF보다 돈을 많이 갖고 있다면 이자를 매수할 수 있겠군."

김인수는 코웃음 쳤다. WF는 한국의 재계 순위 1위였다. 한국 돈을 WF보다 더 많이 가지고 있는 집단은 이 세상에 없었다.

"애초에 한 달에 하나만 열려도 난리가 나는 차원 균열이 사람도 많은 경기도 지역에 한꺼번에 열 개나 발견된 게 이상하지 않은가? 그런데 이걸 인위적으로 열 수 있다면 이야기는 달라져. WF가 열어놓고 발견했다고 보고했다면 앞뒤가 맞아들지."

타앙! 총성이 울렸다. 진가염이 쏜 것이다.

"히익!"

놀라서 비명을 지른 사람은 카메라 감독이었다. 카메라는 깨져서 연기를 피워 올리고 있었다. 렌즈를 정확히 쏜 걸 보니 진가염의 사격 솜씨도 꽤 쓸 만한 것 같았다.

"더 이상 참을 수가 없군. 아까부터 그만두라고 했었지?"

진가염이 겨눈 권총의 총구가 이번에는 진행자를 향했다. 진행자는 그 자리에 굳어 바들바들 떨기 시작했다. 그는 마이크를 들어올렸다.

"진가염 씨, 카메라는 한 대뿐만이 아닙니다. 더불어 이건 생방송입니다. 아직도 방송은 송출되고 있습니다. 정말로 괜찮으시겠습니까?"

그 진행자라는 양반이 바들바들 떨면서 한 말은 그 누구도 예상하지 못한 말이었다. 그 표정은 분명 겁에 질려 있었고 목소리에도 공포가 묻어나오고 있었지만 말한 내용은 꼿꼿하기 그지없었다.

"너 이 새끼… 죽고 싶냐!?"

진가염은 화가 머리끝까지 솟은 듯 총구를 들이대며 외쳤다. 그런 진가염의 외침에 대꾸한 건 진행자가 아니었다.

"흠, 생방송이라니 너무 참혹한 광경은 안 보여주는 게 좋겠군."

김인수였다. 말을 하고 있는 동안에 몸은 이미 휙 날아 진가염의 손목을 꺾고 총을 빼앗아 자신의 품에 넣고 다시 원래 자리로 돌아왔다. 모든 일이 너무 순식간에 일어나 제대로 상황을 확인할 수 있는 사람은 드물었다.

"어… 억!"

일반인 시점에서는 그저 눈을 한 번 깜박였더니 진가염의 손에서 총은 없어져 있고 진가염은 고통에 신음하고 있더라, 이렇게만 보였을 것이다.

"총까지 꺼내들어 줘서 고맙네, 진가염. 내 이야기에 신빙성이 더해졌군. 사실 나와 이 추경준의 증언을 믿지 않는다면, 경기도의 차원 균열 이야기는 정황증거에 불과한 이야기였는데 말이야."

"너… 너……!"

"까발리는 김에 하나 더 까발리도록 하지. 아직까지도 내가 WF의 엘리트 어벤저들에게 제압당하지 않은 게 이상하지 않은가? 사실 저 검은 양복들도 어벤저인데, 저들로는 나를 막을 수 없었어. WF의 후계자라는 인간이 이 자리에 와 있는데 호위가 B급 어벤저들로 이뤄져 있다니. 누가 봐도 이상한 일이지. 하지만 그걸 설명할 수 있는 근거가 지금 내게 있어."

김인수는 진가염을 가리키며 말했다.

"저 진가염은 가짜다."

"예?"

놀란 탓인지, 진행자의 목소리가 뒤집어져 있었다.

"그리고 이 진가염도 가짜지."

김인수는 차원 금고에서 자신이 사로잡았던 진가염을 꺼내어 세워놓으며 말했다.

"진가염이 나이에 비해 너무 젊다고 생각한 적은 없었나? 그게 WF의 차원 기술이 뛰어난 덕분이라고 생각하는 사람도 많겠지. 그래, 맞아. WF의 차원 기술은 너무 뛰어나서, 이렇게 복제 인간도 만들 수 있게 되었다네."

스튜디오는 경악에 사로잡혀 웅성거리기 시작했다. 그건 김인수의 염동력에 의해 이 자리에 접근조차 못 하던 WF의 검은 양복들도 마찬가지였다.

"내, 내가 복제 인간이라고?!"

그리고 경악에 휩싸인 건 진가염 본인들도 마찬가지였다.

본인들도 몰랐던 모양인지, 서로를 응시하고 있었다. 그 뒤에 이어질 일은 김인수도 예상하고 있었다.

먼저 달려든 쪽은 김인수가 꺼내놓은 쪽의 진가염이었다. 그 진가염은 자신의 클론에게 달려들어 목을 조르기 시작했다. 신체 능력도 어벤저 스킬도 완전히 동일한 클론 진가염 둘이 엎치락뒤치락 목숨을 걸고 싸우고 있었다.

두 클론은 서로 자신이 진짜라고 굳게 믿고 있으며, 그렇다면 상대는 자신의 위치를 위협할 수도 있는 가짜이기 때문에 죽여야 한다는 강박관념에 사로잡혀 있을 것이다.

물론 진실은 둘 다 가짜다.

김인수가 둘 다 가짜라고 확신한 건 이 스튜디오로 포탈을 열 수 있다는 걸 알아챘을 때였다. 둘 중 하나가 본체라면 김인수는 이 스튜디오의 좌표를 열 수 없었다. 어느 쪽이 본체든, 둘은 다른 존재라 '등록 코드'가 달랐을 테니 말이다.

하지만 이 둘의 '등록 코드'는 완전히 동일했다.

그게 가리키는 바는 둘이 동시대에, 같은 소체로 만들어진, 완전히 같은 존재라는 것이었다. 진짜가 가짜와 함께 생산되지는 않았을 테니 결론은 둘 다 가짜란 의미밖에 안 된다.

'유곽희도 몰랐을 테지. 내 원 참, 그럼 진짜는 어디 있는 거지?'

김인수는 혀를 찼다. 두 가짜 진가염이 서로 싸우는 데는 관심이 없었다. 어쨌든 여기에 지나치게 오래 머무르고 있는 건 별로 좋은 생각은 아니었다.

"그럼 시청자 여러분, WF가 정말로 한국 사회와 인류 문명을 지키기 위해 최선을 다하고 있는지 한번 다시 생각해 보시길."

김인수는 들고 있던 마이크에다 대고 그렇게 마무리 멘트를 하고, 추경준의 손을 붙잡았다.

"그만 가지."

초시공의 팔찌는 새로운 포탈을 열었다.

막 스튜디오의 문을 발로 차 부수고 전투복으로 몸을 감싼 자들이 돌입해 오는 것이 보였다.

김인수는 그걸 끝까지 지켜보지는 않았다. 돌격 소총의 총구가 그가 있던 곳을 향했을 때, 포탈은 이미 닫히고 에스파다 도 오르텐의 모습은 없었다.

*　　　　*　　　　*

김인수는 포탈을 통해 추경준을 데리고 그의 은신처로 왔다. 장소의 기억을 지운 후, 그는 다시 자리를 옮겨 이번에는 조상평의 은신처로 향했다.

조상평의 은신처에는 조상평 일당 전원과 유곽희, 그리고 아가임이 있었다. 조상평 일당이 모조리 고개를 조아리는 가운데, 유곽희는 김인수의 시선을 피하며 말했다.

"TV 봤습니다."

"설명할 게 줄어서 좋군."

김인수는 내뱉듯 말했다.

"진짜 진가염의 위치는 자네도 모르겠지. 저걸 진짜로 알고 있었을 정도니. 역시 만만치 않은 놈들이야."

쯧, 하고 한 번 혀를 찬 후 김인수는 뒤를 돌아 추경준을 보았다.

"당분간 이들과 함께 지내게. 가능하다면 이들에게 훈련을 해주는 것도 괜찮을 테고."

"알겠습니다."

"그리고 이놈도 부탁하네."

김인수는 차원 금고에 보관하고 있던 부상당한 서필지를 꺼내어 던졌다.

"아가임과 자네, 둘이라면 이놈한테 제압당하지는 않겠지. 상처를 치료해 주고 회유하게. 말을 안 들으면 죽여 버려도 돼. 결정권은 아가임, 자네에게 맡기지. 자네 후임이라 들었으니."

"뜻대로 하죠."

아가임의 대답을 들은 김인수는 후, 하고 짧은 한숨을 내쉰 후 조상평 일당을 쳐다보았다.

"식구가 늘어서 미안하네만 이들을 잘 부탁하네."

"여부가 있겠습니까."

조상평은 다시 고개를 숙였다. 김인수는 조상평의 은신처를 나서서 초시공의 팔찌로 또 한 번 행선지를 꼰 후, 최재철의 자택으로 다시 돌아왔다.

*   *   *

최재철의 자택에는 아직 현오준 길드의 면면들이 남아 있었다. 여기 남아서 TV를 통해 김인수가 하는 걸 다 같이 보고 있었던 모양이었다. 그중에서도 구문효가 펑펑 울고 있었다.

"사부님……!"

최재철이 돌아온 걸 본 구문효가 최재철에게 와락 안겼다.

"아니, 왜 울어?"

최재철은 그의 등을 두들겨 주며 위로했다.

우는 이유야 알고 있다. 이제껏 북양여고 수학여행 참사의 유가족들은 오히려 그들이 죄인인 양 취급받았다. 그렇게 큰 참사였는데도 언론 등에서는 아예 언급조차 안 되고 있었다.

그런데 에스파다 도 오르덴이 나와서 WF의 높으신 분을 상대로 자기가 하고 싶었던 이야기를 대신 해준 셈이니, 감정이 끓어오를 법도 했다.

하지만 구문효는 이걸로 만족해서는 안 된다. 그러므로 최재철은 구문효에게 말했다.

"아직 아무것도 안 끝났어. 처벌받아야 할 놈들은 아직도 처벌받지 못했고, 적은 아직도 강해. 아무것도… 아무것도 안 끝났어."

그렇다. 아직 아무것도 끝나지 않았다. 오히려 지금부터 시작이라고 해도 된다.

눈물이 전염이라도 된 것인지 같이 울먹거리고 있는 오연화와 이지희를 보면서, 최재철은 자신만만하게 웃어보였다.

사실 상황은 그다지 좋지 않았다. 진짜 진가염은 어디 있는지도 모르고, WF는 그가 생각하는 것보다 강했다.

틈새 차원에서만 얻을 수 있는 소재와 아티팩트도 확보한 것이 분명한 이상, 김인수가 WF 상대로 일방적으로 우위를 점할 수 있는 면도 이제는 별로 많지 않았다.

그에 비해 WF가 김인수에게 우위를 점할 수 있는 면은 많았다. 현대 과학기술과 자본력, 그리고 권력과의 유착 관계. 지구에서의 영향력은 WF측이 훨씬 크다.

여기에 차원 기술과 현대 과학기술을 융합한 WF의 기술력.

파멸철 가공 기술과 인간 복제 기술만 있지는 않을 것이다. 세뇌와 기억 이전은 물론이고 무능력자에게 차원 기술을 부여하는 기술까지 갖고 있다고 봐야 할 것이고, 그 외에도 그가 모르는 기술을 많이 갖고 있으리라.

결론적으로 지금 WF는 김인수 개인이 전력을 다한다고 쓰러뜨릴 수 있는 상대가 아니었다.

그럼에도 김인수의 심장은 절망에 물들지 않았다. 오히려 더욱 뜨겁게 타오르고 있었다.

혼자서 못한다면 세력을 이루면 된다. 내 편을 늘리고 적을 고립시키면 된다. 그리고 오늘은 그걸 위한 첫 수를 두는 데 성공했다.

공권력과 언론은 무조건 적이라고 생각했지만, 꼭 그렇지만은 않았다. 집단은 악이라 한들, 그에 속한 개인은 각자의 생각과 이념이 있다.

그렇다면 돌파구는 있다.

"콘크리트에 균열을 내주지. 그것만이 아니야. 아예 파괴해버리겠어."

그는 다시금 자신만만하게 웃어보였다.

＊　　　＊　　　＊

"상황이 별로 좋지 않군."

진가염이 말했다. 말한 내용과 달리 그 목소리는 별로 어둡지 않았다. 차라리 가볍게 여긴다는 인상마저 준다.

물론 그는 진짜 진가염이었다. 가짜 진가염들은 지금 다시 연구소로 돌려보내져 재조정을 받는 중이었다.

"예, 전하."

그의 앞에 무릎을 꿇은 자가 말했다. 그의 이름은 두예지. S급 랭커 5위의 실력자였다.

"이래서야… 대선에서 질 상황도 염두에 둬야겠는데?"

그건 WF에 있어서는 치명적인 상황일 터였다. 그럼에도 진가염은 오히려 재미있다는 듯 웃고 있었다.

"그렇게 되면 어떻게 하시겠습니까?"

"음? 하하하, 그야……."

두예지의 질문에 진가염은 헛웃음을 터뜨린 후 대답했다.

"쿠데타지."

"그렇군요."

두예지는 별로 놀라지도 않고 대답했다.

"그래. 애초에 어벤저와 일반 시민이 똑같이 취급당하는 게 이상하지 않나? 말이 안 되지. 민주주의는 총 때문에 생명의 가치가 균일해졌기에 대두될 수 있었던 사상이야. 하지만 어벤저와 일반인은 달라. 중세시대의 기사 계급과 농민만큼의 차이가 있어. 어벤저 한 명이 일반 시민 천 명을 죽일 수 있는데, 그 가치가 동일할 리가 있겠나?"

"당연히 같지 않습니다."

두예지가 대답했다.

"물론이지. 지금까지는 개, 돼지들이 말을 잘 들었기에 살려둔 것이지만, 만약 말을 안 듣는 개, 돼지가 권력을 쥔다면 그걸 그냥 두고 볼 이유가 우리에게도 없어. 도살해야지. 계급제가 부활하기에 좋은 때가 오는 게야. 그렇게 생각하지 않나?"

"전하께오서 말씀하시는 바대로입니다."

"그래, 그렇지."

두예지의 대답이 마음에 든 듯, 진가염은 미소 지으며 고개를 끄덕였다.

"황제 폐하께선 뭐라고 하시던가?"

진가염이 말한 황제 폐하란 물론 진가염의 아버지인 진가규를 가리킨다. 그의 물음에 두예지는 공손히 대답했다.

"아무 말씀 없으셨습니다. 전하께오서 뜻하는 대로 하셔도 될 듯하옵니다."

"그래, 알았다. 그럼 준비하라."

쿠데타의 준비를. 어벤저라는 신인류가 등장했는데도 아직까지도 민주주의라는 구습을 유지하고 있는 대한민국이라는 나라를 제정으로 되돌려 놓을 준비를.

"알겠습니다."

두예지는 대답했다.

30장

결정타

일주일도 안 되는 새에 연속적으로 터진 차원 균열과 WF에 대한 스캔들은 이미 거의 완전히 차원 균열 위주로 돌아가던 한국의 사회구조를 근본부터 뒤흔드는 것이었다.

실로 기이하게도, 이 일련의 사태에서 가장 큰 타격을 받은 것은 TA였다. 잘못한 것은 물론 WF였지만 이미 한국 사회에서 WF는 필수 불가결한 존재였다. WF가 사회구조를 그렇게 바꾸어두었기 때문이다.

'WF가 망하면 한국이 망한다!'

지난 10년간 격언처럼 읊어졌던 말이었다.

빛 아래에서든, 그림자 너머에서든 한국 사람들은 WF와 관계를 맺고 있었고, 그것은 사람들에게 있어 '내가 악과 손잡고 있다'는 말과도 같았다. 그건 도저히 쉽게 인정하기 힘든 말이기도 했다. 그래서 사람들은 그냥, WF가 악이라는 것을 인정하지 않았다.

대신 사람들은 '차원 균열 산업'을 악으로 규정했고, 모든 공격은 비교적 중요도가 떨어지는 TA로 향했다. TA도 차원 균열에서 이득을 얻어내는 업체였으니, '사악한 기업'인 건 맞았다.

'나에게는 WF가 필요하니, 나는 WF 대신 TA를 욕하겠다.'

참 어이없는 명제지만 실로 인간적인 명제이기도 했다. TA에 화풀이를 함으로써 자신은 정의의 편이라고 생각한 채 만족할 셈인 것 같았다. 이 점에 관해서는 언론도, 여론도, 공권력도 마찬가지였다.

TA가 외국계 기업이라는 점도 한몫해서, 이상한 민족주의가 발현된 면도 있었다. 아무리 WF가 잘못했다 한들 유일한 토종 차원 기술 기업인데 TA보단 낫지 않느냐, 이런 논리였다.

대대적인 불매운동이 일어나고, 언론은 연일 TA에게 불리한 기사를 때려대었다. 정부도 마찬가지로, 가혹한 세무 조사를 TA에게만 실행했다.

이런 부조리한 상황 앞에서 TA도 앉아서 맞고만 있지는 않왔다. 한국에서는 WF에 이은 2인자 역할에 충실했던 한국지사였지만, 그걸로 회사 이미지가 나빠지는 불이익만 거둔다면 더 이상 남아 있을 이유가 없었다.

TA는 바로 한국지사를 매각하기로 결정했다.

한국에서 TA가 없어지면 WF는 다방면에서 독점권을 갖게된다. 문제는 한국에 독점 금지법이 남아 있다는 점이었다. 원래대로라면 WF 편을 들어야 할 의회도 지금은 WF에 대해서 그다지 호의적이지 않았다.

그래서 WF는 TA 한국지사를 사들일 수 없었다. 잘못하면 엄청난 벌금을 물게 될 수도 있었다. 그렇다고 달리 TA 한국지사를 사들일 재벌이 한국에 있는 것도 아니었다. WF가 경쟁력을 갖출 만한 기업은 이미 대부분 다 찍어눌러 버렸기 때문이었다.

더군다나 차원 균열 관련 기업의 사회적 인식을 볼 때, 아무리 이 매물이 알짜라도 선뜻 매입할 만한 사람은 드물었다. TA가 해외 기업이라는 이유로 쳐 맞고 쫓겨나는 마당인데, 다른 해외 기업이 한국지사만 매입할 리도 없었다.

그럼에도 불구하고 TA 한국지사는 성공적으로 매각되었다.

놀랍게도 그 상대는 일개 길드였다.

＊　　　＊　　　＊

"일이 이렇게 될 줄은 몰랐는데."

협상 테이블에 나온 건 다름 아닌 권지력 이사였다. 자신의 파벌로 TA의 한국지사를 완전히 장악했다고 생각했더니만, 본사에서 매각을 결정해 버리다니. 이래서야 권지력 이사 입장에선 중간에 붕 뜬 것 같은 기분을 받아도 무리는 아니었다.

"오래간만입니다, 권지력 이사님."

게다가 자신이 협상해야 할 상대가 예전에 내쫓은 부하 직원이어서야, 더더욱 인생무상을 느낄 법도 했다. 방금 그에게 인사한 인물은 다름도 아닌 현오준이었다.

현오준은 불과 2개월 전에 TA 최초로 차원 균열을 탐사하고 그 너머의 틈새 차원이라는 새로운 차원의 존재까지 밝혀 낸 실력자였다. 그 실력자가 자신의 파벌이 아니라는 점에 불안을 느낀 권지력은 꽤 무리를 해서 현오준과 그 팀을 쫓아냈었다.

권지력의 그런 결정에 사내에서도 꽤 반발이 있었지만, 반발하는 자들을 솎아내는 방식으로 그는 그의 사내 정치력을 더욱 공고하게 만들 수 있었다.

사내 실권을 꽉 잡고 사장마저도 자신의 발언을 무시하지 못하게 만드는 데 그가 얼마나 많은 노력을 쏟아부었는지 모른다.

"그런데 그 노력의 결과가 이거라니."

"무슨 말씀이신지?"

"이 회사가 팔리면 난 본사로 돌아갈 걸세. 자네 밑에 들어가는 건 사양이야."

권지력은 이죽거렸다. 물론 본사로 돌아가면 파벌 따위는 없이 다시 밑바닥부터 시작해야 했다. 어쩌면 이사직을 사임해야 할지도 몰랐고, 계약 연장이 될지, 안 될지도 모른다. 부평초 같은 인생이 싫어서 파벌이라는 뿌리를 만들어냈는데, 일이 이렇게 되다니.

"이게 다 진가염, 그놈 때문이야!"

"혼잣말 좀 자제해 주시죠. 그것도 맥락도 없이."

현오준이 불쾌한 듯 말했다.

"본사로 돌아가시려면 실적이 필요하지 않으시겠습니까? 최대한 좋은 조건으로 계약하려고 애쓰실 줄 알았는데. 실망입니다."

현오준의 말이 맞았다. 눈앞의 남자는 더 이상 부하 직원이 아니었다. 오히려 그 반대였다. 사실상 한국 내에서 다른 매입자가 있으리라고는 생각하기 힘든 이상 상대가 갑이라 생각하는 게 옳았다.

"죄송합니다, 현오준 사장님."

권지력은 손바닥을 뒤집으며 말했다. 그에게는 익숙한 일이었다.

"뭐, 됐습니다. 그보다……."

현오준은 자신의 뒤에 선 남자에게 눈짓을 했다. 그 남자의 이름을 권지력은 잘 기억해 내지 못했다. 하지만 그 남자가 현오준의 눈짓을 받고 고개를 끄덕이는 걸 보니 갑자기 번뜩 기억이 났다.

최재철. C급으로 입사해서 A급으로 퇴사해 나간, 어벤저 업계에서는 입지전적한 인물이었다.

'이놈이 실권자였구나!'

권지력은 자신이 눈치 하나는 빠르다고 자부하고 있었다.

'현오준은 그냥 바지사장에 불과하다. 내가 이제부터 아양을 떨어서 환심을 사야하는 인물은 최재철이었어.'

물론 이걸 눈치챘다는 걸 알리면 최재철이 불쾌해할 것까지, 권지력은 재빠르게 눈치챘다.

"진가염에 대해서 이야기를 좀 해주시죠."

현오준의 목소리를 듣고, 권지력은 퍼뜩 정신을 차렸다.

"제가 아는 걸 전부 말씀드리죠."

권지력은 진지한 말투로 대답했다. 어차피 한국에서 발을 빼야 하는데, 진가염과의 밀약을 지키고 있을 이유가 없었다.

저들은 진가염에게 원한이 있다. 권지력은 그것마저 눈치챘다. 아니, 저들이 별로 숨기려고 하지 않았다. 이것도 신호이리라.

그렇다면 차라리 1초라도 빨리 진가염을 배신하는 게 자신의 이득으로 직결될 것이라는 건 불을 보듯 뻔했다.

*　　　　*　　　　*

대량의 다이아스틸을 현물 지급하는 조건으로 TA 한국지사를 사들인 것은 다름 아닌 현오준 길드였다.

TA 한국지사가 독립 회사가 되면서 사명을 OJ로 개명하고, 그 사장으로 취임한 현오준이 첫 취임사로 한 말은 이것이었다.

"앞으로 OJ는 이전까지의 TA나 WF와는 달리 차원 균열 폐쇄 전문 기업으로서 활약할 것입니다."

그리고 OJ는 그 취임사대로 본래 TA의 소유였던 차원 균열을 하나둘씩 닫아가기 시작했다. 닫힌 차원 균열 주변에서의 실종 사건 발생률이 유의미하게 줄어들었고, OJ는 찬사를 받았다.

그렇다고 OJ가 이제는 어보미네이션 시체를 생산하지 못하게 된 것도 아니었고, 차원 균열 폐쇄시에 발생하는 대량의 어보미네이션 시체를 오히려 이전보다 더 많이 얻게 되면서 발전소도 정상적으로 돌리고 있었다.

그래도 한국 기업인 WF보다 외국 기업인 TA가 더 싫어서 WF의 전기를 사다 쓰던 사람들도, 이제는 OJ의 전기를 사다 쓰기 시작했다.

물론 이건 전력 산업에서만 국한된 이야기는 아니었다. 이제 WF는 유일한 차원 균열 전문 한국 토종 기업이 아니었다. WF가 망해도 한국은 망하지 않는다. 아니, 이건 원래 그랬다. 뒤늦게나마 사람들은 깨달았다.

WF를 싫어하지 말아야 할 이유가 하나둘씩 사라지기 시작했다. WF와 손을 끊어도 될 만한 환경이 조성되었다. 그렇다면 과감하게 악과 손을 끊어야 하지 않겠는가. 외화 낭비란 변명도 이제는 안 통한다. 그런 논리로 무장한 불매운동이 들불처럼 일어나기 시작했다.

정치가들은 정치가들 나름대로 암투를 벌인 모양이지만, 김인수는 별로 상관하지 않았다. 그보다는 이 일련의 사태 속에서 WF가 지나치게 조용한 것이 마음에 들지 않았다.

결국 WF는 대선 직전까지 아무 행동도 하지 않았다. WF에 줄을 댄 정치가들마저 가라앉는 배에서 빠져나가기 위해 애를 쓰는 형국이 자연히 빚어졌다.

*   *   *

대통령 선거가 시행되었다. 선거 열기는 전에 없이 뜨거웠다. 현 여당의 20년 독재를 끝내자는 문구가 대단히 선동적이었다.

곳곳에서 부정투표가 발각되었다. 유권자들이 자체적으로 감시한 결과물이었다. 몰래 카메라를 설치해 부정투표의 증거를 잡아낸 언론인이 선거법 위반으로 잡혀가고, 여론은 험악하게 돌아가기 시작했다.

그럼에도 불구하고, 정권은 바뀌었다. 20년 만에, 드디어.

이제 모든 것이 바뀔 것이다.

모두가 그렇게 믿었다.

*　　　　*　　　　*

"정치야 정치가의 일이지."

최재철이 말했다. 그는 개표 방송을 보고 있었다.

"그런 것치고는 에스파다 도 오르덴의 역할이 꽤 컸지만요."

그 옆에는 현오준이 있었다.

"일주일 전에 에스파다 도 오르덴이 터뜨린 WF의 '어보미네이션 공장'이 여론에 꽤 큰 영향을 끼쳤을 테니."

현오준에게는 감회가 남다른 일이었으리라. 그는 '이전 생'에서 그 공장에서 죽었으니까.

"자화자찬하지 마시죠, 사장님."

구문효가 웃으면서 말했다. 사실 공장 건을 터뜨린 에스파다 도 오르덴의 정체는 현오준이었다. 최재철은 이번 일에서만큼은 전적으로 백업을 담당했다. 그 심정을 이해했기 때문이었다.

자기 손으로 원수의 심장에 칼을 꽂고자 하는 복수자의 심정을.

지나치리만큼 비인도적인 어보미네이션 제조 공장의 보도는 WF와 WF를 전적으로 지원했던 여당에게 마지막까지 충성하던 유권자마저도 등을 돌리게 만들었다. 마지막 일격이라고 표현하기에 실로 걸맞은 일이었다.

"이 미래에 도달하지 못했죠. 지난번에는."

그 언론 보도를 보면서, 현오준이 말했다.

"지금은 현재입니다. 현실이죠."

"그랬었죠."

최재철의 대꾸에 현오준은 웃었다.

"가능했다면 제가 직접 이 기사를 쓰고 싶었습니다만, 뭐, 이 정도로 대리 만족이라도 하는 게 맞겠죠. …감사합니다, 최재철 씨. 당신이 아니었다면……"

"당신이 해낸 겁니다."

최재철은 현오준의 말을 자르고 단언했다.

"제가 해낸 겁니까?"

"그렇습니다."

"당신이 그렇게 말씀하신다면야, 그게 맞겠죠."

줄곧 씌었던 것에서 해방되기라도 한 듯, 현오준은 후련한 표정을 짓고 있었다. 그런 현오준이 최재철은, 아니, 김인수는 부러웠다.

그것도 일주일 전의 이야기다. 그 일주일 전의 일 덕분에, 야당은 최후의 최후까지 분열되었음에도 결국 승리를 거머쥐는 데 성공했다. 정확히는 여러 야당 중 단 한 당의 승리지만, 여기까지 와서 그런 게 중요한 건 아니었다. 본인들에게는 중요할지 모르나, 그건 국민이 상관할 바는 아니었다.

"이걸로 모든 게 끝난 걸까요?"

"그럴 리 없지."

구문효의 질문에 최재철은 날카로운 시선을 TV에 던졌다.

당선이 확정된 대통령 당선인이 양손을 들어 올리며 승리 선언을 하고 있었다. 완벽한 인물도 아니고 정의로운 인물도 아니다. 굳이 평하자면 다소 계산적이고 선동적인 인물이지만 상식적인 인물로, 그래도 그가 대통령 자리에 오르면 전보다는 좀 나아질 것 같기는 했다.

그가 민주적인 절차에 따라 평화롭게 대통령 직위에 오를 수 있다면.

"자아, 이제 어떻게 할 거지?"

김인수는 TV를 노려보았다. 대선 패배라는 성적표를 받아 들었으니, WF도 이제는 움직여야 할 때였다. 그리고 그 움직임이 평화롭거나 정의로운 것일 가능성은 지극히 낮았다.

*   *   *

"당신에게 줄을 대준 건 제 인생에서 가장 현명한 판단이었다고 평할 수 있겠습니다, 현오준 사장님."

유구언 팀장이 말했다. 원래 TA 소속이자 현오준의 입사 동기였던 그는 지금은 그대로 OJ로 와 여전히 팀장직을 유지하고 있었다. 그의 팀도 그대로 이동해 왔고, 유구언 팀은 이전까지와는 달리 차원 균열 폐쇄 임무에 투입되고 있었다.

적당한 아티팩트 하나만 쥐어주니 중상급 어보미네이션까지 혼자서 솜씨 좋게 써걱써걱 썰어내는 걸 보며, 현오준은 유구언도 혹시 전생자가 아닌지 의심까지 했다. 그 정도로 검술이 훌륭했던 탓이다.

"뭐, 전생에 미야모토 무사시기라도 했어요?"

"왜 기분 나쁘게 왜놈 이름이 나옵니까? 차라리 척준경이었냐고 묻지 그래요?"

"…정말로 척준경이었어요?"

"아니, 그게 왜 또 그렇게 됩니까? 농담 아니었습니까?"

그래도 기분이 나쁘지는 않은지 껄껄 웃는 유구언이 참 인상적이었다.

"정말로 제 전생이 척준경이었으면 좋겠군요. 그럼 적어도 사람을 칼로 베는 걸 주저하진 않을 테니."

"…역시 그렇게 생각합니까? WF가……."

"그야, 이런 상황에서 할 수 있는 선택지는 제한되어 있으니까요."

WF는 가장 중요하다고 할 수 있는 대선 직전에도 여론 조작을 적극적으로 하지 않았다. 이유는 무엇일까, 그 질문에 대한 답으로는 '이제부터는 대선이 별로 중요하지 않다고 생각했으므로'가 적절하다.

이 나라가 민주주의 체제를 유지하는 이상, 대선이 중요하지 않을 리는 없다. 그런데도 대선이 중요하지 않다고 생각한다면, 상대가 뭘 생각하는지 명약관화해진다.

적들은 민주주의를 무너뜨릴 셈이다.

즉, 쿠데타다.

"뭐, 그렇다고 선 채로 이 나라를 넘겨줄 생각은 없습니다. 높으신 분도 말씀하셨잖습니까, 성공한 쿠데타는 정의라고. 그런 정의, 전 용납 못 합니다. 제 손으로 실패시킬 겁니다."

유구언은 듣기에 든든하게도 말했다. 그런 유구언에게 현오준이 바로 초를 쳤다.

"정확히는 성공한 쿠데타는 처벌할 수 없다, 인데요."

"에이, 그런 사소한 거야 아무래도 상관없잖습니까!"

얼굴이 붉어진 걸 보니 별로 상관없게 여기는 것 같지는 않았지만, 현오준은 군이 또 지적하지는 않았다. 사기가 높은 건 좋은 일이다. 전투를 앞두고 있다면 더더욱 그렇다.

"너무 걱정하지 마십쇼. 제 전생은 척준경이었으니까요."

"아깐 아니라면서……."

"농담을 하면 좀 웃으세요, 사장님."

방탄복을 껴입으며 유구언은 웃었다.

*   *   *

"나도 싸울 거야."

오연화가 고집스럽게 말했다.

"안 돼."

이지희가 딱 잘라 거절했다.

"왜!"

"넌 미성년자잖아."

이지희의 대답에 오연화가 울먹거리기 시작했다.

"뭐, 미성년자면 싸우면 안 돼?"

"이제까지는 네가 너무 강하고 훌륭해서 어보미네이션과 싸울 때는 네 힘을 빌렸지만, 역시 아무리 생각해도 사람을 상대로 싸우는 데 네가 나서게 만들 수는 없어."

이지희가 짐짓 최재철의 성대모사를 하며 말했다. 울먹거리던 오연화가 그걸 듣고 풉, 웃더니 농담처럼 덧붙였다.

"예쁘고 귀여워서가 빠졌어!"

"스승님은 그런 말씀하신 적 없어."

이지희는 진지하게 대꾸했다.

"쳇, 좀 덧붙여주면 어디가 덧나?"

오연화는 툴툴거렸다.

"그래도 만약… 만약 언니가 죽을지도 모르는 상황이 오면 난 안 참을 거야. 참지 않고 나설 거야. 내 멋대로. 알겠지?"

"그것 참 고맙네요. 그럼 스승님은?"

"선생님이 위험할 정도면 내가 나서봤자 아무런 도움이 안 되잖아?"

"아, 그건 그렇네."

그런 대화를 진지하게 나누곤, 두 여자는 뭐가 그리 웃긴지 깔깔거리기 시작했다. 그걸 보며 구문효가 질린 듯 물었다.

"사저들은 대단하시네요. 긴장도 안 되세요?"

"예, 사제. 전 전투에 참가도 못 하거든요! 긴장이 될 리가 없죠!!"

오연화가 한껏 비꼬며 말했다. 그러나 그 손아귀에 땀이 찬 건 여기 있는 모두가 목격했다. 자기가 직접 나서서 싸우는 것도 아닌데, 그녀가 그렇게도 긴장하는 이유 또한 모두 잘 알고 있었다.

"사제는 위험해져도 구하러 안 갈 테니까 알아서 생존해!"

"알겠습니다요, 사저."

오연화의 허세를 받아주며, 구문효는 웃으며 대답했다.

자신이 위험해졌을 때, 오연화가 반드시 구하러 올 것은 그는 너무나도 잘 알고 있었다. 정말로 누나인 양, 다소 지나칠 정도로 구해주는 바람에 틈새 차원에 있을 때는 공헌도를 다 뺏겨서 혼자 아티팩트를 다 못 모은 적도 있었다.

하지만 구문효는 그걸로 오연화를 싫다거나 짜증난다거나 생각한 적은 단 한 번도 없었다. 그런 일은 일어날 수가 없었다.

"총알의 비가 쏟아지든, 폭탄이 터지든 상관없습니다. 반드시 살아 돌아옵죠."

"…그러도록 해!"

흥, 하고 고개를 팩 돌리는 오연화의 모습에 다들 웃음을 터뜨리고 말았다.

*　　　　*　　　　*

WF가 쿠데타를 벌이면 어떤 행동을 취할지에 대한 시뮬레이션은 이미 다 완료해 둔 터였다.

아무리 어벤저라 한들 전투기와 미사일을 상대로 효과적으로 싸울 수 있을 리는 없으니, 중요 방어 지점에는 일부러 차원 균열을 열어서 헬필드를 뿌려놓을 것이다. 그걸로 현대 병기는 핵무기를 포함해서 대부분 무효화시킬 수 있을 테니 말이다.

헬필드에서의 전투 양상은 어벤저 위주로 돌아가게 될 것이다. OJ의 어벤저 전투부대가 긴장 상태로 대기하고 있는 이유도 이 때문이었다.

"역시 아무 일도 없는 게 최고긴 한데."

상황 본부에서 예상 지점에 설치해 놓은 감시 카메라들이 보내오는 영상을 보며 최재철은 중얼거렸다. 카메라가 꺼지면 헬필드가 열렸다는 뜻이니 바로 출동 명령을 내려야 한다.

그렇다. 아무 일도 없는 게 최고였다. 2개월 후, 완전한 정권 교체가 이루어지고 원리, 원칙대로 사회가 돌아가기만 한다면 WF는 저절로 몰락할 테니까. 그렇게 되면 몰락한 진씨 일가를 김인수가 복수의 이름으로 처형하면 모든 것이 끝났다.

하지만 그렇게 끝나진 않을 터였다. 진가규도 바보는 아닐 거고, 진가염도 머저리는 아닐 테니까.

＊　　　＊　　　＊

새벽 2시.

파주 차원 균열의 서울 진입로 방향에 설치해 둔 감시 카메라가 꺼졌다.

"사장님, 지휘 부탁드립니다."

최재철은 바로 현오준에게 말했다. 꾸벅꾸벅 졸고 있던 현오준이 퍼뜩 눈을 뜨며 물었다.

"최재철 씨는?"

"애들만 싸우게 내버려 둘 수 없죠. 제가 먼저 가겠습니다."

"너무 무리하지 마십시오."

"예."

최재철은 에스파다 도 오르텐의 가면을 쓰고 초시공의 팔찌로 포탈을 열었다. 반지 운반자의 팔찌로 존재감을 숨긴 후에, 그는 열린 포탈을 통해 파주로 날았다.

본래 감시 카메라가 감시하고 있던 영역은 그냥 도로였는데, 지금 이곳에는 차원 균열이 입을 쩍 벌리고 있었다. 차원력이 뿜어져 나와 헬필드가 꾸역꾸역 주변을 침식하고 있었다. 그 차원 균열에서 조금 전에 막 기어 나온 걸로 보이는 빅 마우스가 거리를 배회하고 있었다.

존재감을 숨긴 최재철의 존재는 알아채지 못한 모양이었다.

최재철은 빅 마우스를 순식간에 살해하고 그 시체를 차원 균열 너머로 밀어 넣었다. 그리고 차원 진동기를 찾아내 파괴했다. 뿜어져 나오던 차원력의 압력이 점진적으로 줄어들기 시작했다.

이변을 깨달았는지 북쪽, 즉 파주 차원 균열 방향에서 A급 이상으로 보이는 어벤저 몇 명이 접근했다. 처음에는 차원력의 움직임으로 그들의 동향을 관측했지만, 곧 그들의 모습이 최재철의 어벤저 스킬로 강화된 시야 안에 들어왔다.

그 모습은 완전히 군인이었다. 그것도 전형적인 특수부대원으로, 방탄모와 방탄조끼로 몸을 감싸고 얼굴은 방독면으로 가리고 있었다.

"……!"

최재철은 직감적으로 인룡의 팔찌를 사용해 차원 단절을 걸었다. 아니나 다를까, 차원 단절 면을 타고 육안으로는 거의 식별이 가지 않는 무색무취한 입자들이 흩어지기 시작했다.

'미친 새끼들!'

소름이 등을 타고 쫙 흘렀다.

'아무리 그래도 그렇지, 독가스라니!'

아니, 그러고도 남을 놈들이라는 걸 최재철은 알고 있었다.

최재철은 자신의 생각이 얕았음을 인정해야 했다. 그냥 교전 지역뿐만 아니라 사람 사는 곳, 특히 서울에다가도 화생방전을 벌이고도 남을 놈들이다!

현대 기술로 만들어진 독가스는 헬필드 안에서는 거의 효과가 없을 테지만, 헬필드 바깥에는 큰 피해를 입힐 것이다.

WF 입장에서 독가스 살포는 차원 균열을 열어 헬필드를 펼쳐가며 진군한다는 전술과 결합되어, 독가스의 이점만 살리고 아군 피해는 거의 없이 목적을 달성할 수 있을 만한 강력한 수단이 될 수 있었다.

가스의 정체는 마셔보기 전까지는 모른다. 일반 방독면으로 저 가스를 막을 수 있을지에 대해서도 확신이 서지 않았다. 피부에 닿으면 어떻게 되는지도 알 수 없었다.

최재철은 급히 차원 금고를 뒤져 전신 타이즈 한 장을 꺼냈다. 창왕의 가죽. 보기에는 좀 추하지만 입으면 우주로 나가도 멀쩡히 생존할 수 있는 성능의 손색없는 아티팩트였다.

그는 잠깐 망설이다가, 창왕의 가죽을 얼굴과 머리까지 완전히 뒤집어썼다. 이러면 공기까지 완전히 차단되어 숨도 못 쉬게 되지만 어쩔 수 없었다.

'숨은… 잠깐 참자!'

염동력을 이용해 순식간에 타이즈를 입은 최재철은 인롱의 팔찌로 쳐둔 차원 단절을 열고 바깥으로 나갔다.

'저놈들의 방독면을 쓰면 될 테니까!'

일부러 실력을 숨긴 건 아닌 건지, 방독면을 쓴 WF측 어벤 저들은 최재철의 접근에도 눈치를 못 채고 있었다.

그렇다면 더 망설일 필요가 없었다. 최재철은 염동력으로 다섯 명 모두의 목을 동시에 비틀어 버렸다. 그들의 얼굴에 단단히 고정된 방독면 다섯 개를 모조리 떼어내 차원 금고에 넣은 후, 최재철은 조용히 기다렸다.

방독면이 벗겨진 WF측 어벤저의 노출된 얼굴 피부에 끔찍하게도 수포가 바로 피어나기 시작했다.

"뭐지, 이거? 겨자가스인가?"

1차 세계대전 때도 쓰였던 고전적인 독가스다. 겨자가스란 명칭은 그냥 별명 같은 것으로, 피부에만 노출되어도 치명적인 피해를 입히는 독가스의 일종이다.

그는 육군 복무 중에 가장 싫었던 화생방 훈련 때 화생방 교장에 앉아서 들었던 기억을 되살려냈다. 그가 알던 겨자가스와 달리 무색무취하고, 수포가 생기는 속도가 너무 빨랐다. WF가 따로 개량한 결과물일 터였다.

"겨자가스라면 빨리 응급처치를 하면 죽진 않겠지. 내가 그런 걸 해줄 의리는 없지만."

적들의 증원 병력이 올 가능성이 매우 높았다. 게다가 지금은 다른 것보다 아군들에게 화생방전 대비를 시키는 게 시급

했다.

최재철은 기절한 WF측 어벤저들을 그냥 내버려 두고 독가스 영역 바깥으로 재빨리 벗어났다.

*   *   *

"독가스를 살포했다고요?"

현오준이 놀라 되물었다.

"예, 사장님. 이 방독면 좀 봐주십시오."

최재철은 차원 금고에 넣어온 방독면 다섯 개를 와르르 쏟아냈다.

"독가스의 종류는 겨자가스류로 보이지만 속단하기엔 이릅니다. 평범한 방독면이라면 부대원들에게 얼른 방독면을 배급해 주시고, 특이한 방독면이라면 카피를 서둘러 주십시오."

"최재철 씨는 어쩌실 겁니까?"

"놈들의 진군을 늦춰볼 생각입니다."

방독면 하나를 집어 들고, 최재철은 말했다.

"적들의 진출로가 파주 하나는 아닐 겁니다. 최소한 양동을 노리겠죠. 저희가 대응해 온다는 걸 알아채면 단번에 움직일 가능성이 높습니다. 그런 징후가 보이면 가면을 통해서 연락해 주십시오."

헬필드하에서는 현대 기술로 만들어진 통신 장비를 쓸 수 없기 때문에, 최재철은 자신이 나눠주었던 철가면들을 싹 회수해서 차원 기술로 이뤄진 통신 능력을 부가해 두었다. 이 가면을 통해서 휴대폰의 기능을 대신할 수 있을 터였다.

"알겠습니다."

현오준의 대답을 들은 최재철은 다시금 포탈로 몸을 던졌다.

*　　　　*　　　　*

창왕의 가죽을 정장 아래에 받쳐 입고 정장 위에는 방탄복을 겹쳐 입은 후, 얼굴에는 방독면을 써서 화생방용 장비로 무장을 완료한 최재철은 다시 파주의 도로 위를 달리기 시작했다.

파주 전역이 이미 독가스로 덮인 걸로 보였다. 이렇게까지 대대적으로 살포할 줄은 몰랐던 최재철은 이를 갈았다.

"큭! 시민들의 피난도… 시키지 않았겠지!!"

분노가 끓어올랐다. 그야 쿠데타다. 선전포고는커녕 경보 발령조차 하지 않을 게 분명했다. 사람이 얼마나 죽었을까. 새벽이라 다들 자고 있었을 테니, 피해는 더욱 커질 수도 있었다.

"너무나도 참기가 힘들군!!"

여기는 적지 한가운데라 할 수 있었고, 지금 최재철과 OJ는 적들의 전력 수준을 완전히 파악하지는 못한 상태였다. 이런 상황에서 지나치게 시선을 끌면 아무리 최재철, 아니, 김인수라 해도 위험할 수 있었다.

그럼에도 불구하고 김인수는 더 이상 자신의 힘을 숨기고자 할 수 없었다.

이대로 두면 어차피 사람이 죽는다. 그것도 많이, 지금까지 죽은 사람들보다 더 많이!

"내 목숨이 비싸긴 하지만, 그렇다고 다른 사람 목숨이 싸구려인 건 아니지!"

김인수의 손아귀 위에 검은 중력장이 자리 잡았다. 중력장은 조금씩 응축되기 시작하더니, 이윽고 작은 블랙홀이 되었다. 미니 블랙홀은 주변의 공기를 급격히 빨아들였다. 모래와 흙, 자갈들도 빨아들이기 시작하자 김인수는 블랙홀의 중력을 조절했다.

"이것만 해서는 아무리 빨아들여도 안 끝나. 독가스를 살포하는 놈들을 찾아야지."

손아귀에 미니 블랙홀을 틀어쥔 채, 김인수는 달리기 시작했다.

블랙홀이 주변의 공기를 빨아들인 탓에 김인수가 있는 지점을 중심으로 저기압이 형성되고, 주변의 구름이 몰려들기 시작했다. 구름은 적란운으로 변하고, 토네이도가 발생했다. 그 토네이도를 휘몰고, 김인수는 마침내 독가스를 살포하고 있는 기계 장치를 발견했다.

"저거 뭐야?!"

미니 블랙홀을 손에 든 채 방독면으로 얼굴을 가린 정장 차림의 남자를 처음 보면 누구나 그렇게 말할 법도 하다. 게다가 그 주변에는 토네이도가 휘몰아치고 번개까지 두르고 있으니, 담이 약한 사람이라면 보자마자 오줌을 지릴 수도 있었다.

그러나 적들은 오래 놀라고 있지는 않았다. 그들은 자동소총을 들어 김인수에게 겨누었다. 경고조차 하지 않았다. 적들은 즉시 방아쇠를 당겼다.

타타타타타!

"훙!"

김인수는 코웃음 치며 염동력으로 자신을 겨누고 있던 자동소총의 총구를 하늘로 향하게 만들었다. 희귀한 파멸철 총탄들이 허공을 향해 낭비되는 걸 보는 건 별로 좋은 기분은 아니었다. 그래서 그는 들고 있던 블랙홀을 독가스 살포 장치를 향해 던졌다.

딱 보기만 해도 굉장히 안 좋은 느낌이 드는 블랙홀이 날아오자, 적들은 혼비백산해 거미 새끼처럼 흩어져 블랙홀을 피했다.

그들의 예감은 별로 틀리진 않았다. 블랙홀은 우지직 콰지직, 하는 소리를 내며 독가스 살포 장치를 집어삼켰다. 만약 인간이 거기 휘말렸다간 그냥 고깃덩어리가 되어버렸을 거란 상상은 쉽게 할 수 있었다.

작은 금속성의 구슬 하나를 남긴 채 블랙홀이 소멸하자, 블랙홀에 의해 끌려왔던 구름들이 소나기를 쏴아, 하고 쏟아냈다. 사실 지금까지도 소나기는 내리고 있었지만 그 빗물들이 전부 블랙홀로 빨려 들어가고 있었는데, 블랙홀이 없어지니 중력에 따라 바닥으로 떨어지기 시작한 것뿐이었다.

"너희는 좀 맞아야겠다!"

김인수는 소낙비와 함께 쇄도했다. 놀란 적들이 반사적으로 자동소총을 치켜들었지만, 총알의 속도보다 김인수가 더 빨랐다. 모두에게 평등하게 명치에 한 방씩 주먹을 박아 넣어 기절시킨 김인수는 그들에게서 방독면과 자동소총을 빼앗아 무장을 해제시켰다.

"상당한 실력자인 모양이로군."

목소리가 들렸다. 김인수는 그 방향으로 시선을 돌릴 필요를 느끼지 못했다. 그의 접근은 이미 몇 초 전에 파악하고 있었으니까. 그뿐일까, 그 차원력 덩어리로 그가 누군지조차 알아첼 수 있었다.

"네가 에스파다 도 오르덴인가?"

진가염이었다. 얼굴은 방독면에 가려져 보이지 않았고, 목소리도 뒤틀렸지만 김인수는 알아볼 수 있었다. 보다 정확히 말하자면, 진가염 중 하나였다. 가짜 클론 중 하나.

김인수는 그쪽으로 시선도 주지 않고, 움직이기부터 했다. 다음 순간, 진가염의 머리는 잘려 김인수의 차원 금고에 들어가 있었다.

"에스파다 도 오르덴이 맞군."

"······!"

김인수는 놀라 뒤로 뛰었다. 분명 진가염의 머리를 잘랐는데, 그 머리가 다시 재생되어 있었기 때문이다.

"같은 수법이 몇 번이고 통할 거라고 생각했나?"

"나한테 죽은 적이 있는 개체인가?"

"아니, 다른 개체에게서 옮겨 받은 기억이야."

다른 목소리가 들렸다. 아니, 같은 목소리였다.

또 다른 진가염이었다.

"우리들은 기억과 경험을 공유하지. 그래서 나 혼자서는 너에게 이길 수 없다는 걸 알고 있다. 그래서······."

"나 셋이서 널 이기겠다."

세 번째의 진가염이 말했다.

"…너희가 그렇게 되기까지 너희들의 뇌를 연구자들이 얼마나 쪼물딱거렸을지, 솔직히 상상이 안 가는군."

"우리끼리 서로 다투지 않는 게 신기한가? 하긴, 지난번엔 그런 우를 범하기는 했지."

진가염 셋이서 동시에 김인수를 향해 자동소총을 겨누었다.

"별로 이상해할 건 없어. 그저 교훈을 얻은 것뿐이니까."

"아, 그래?"

"그래. 그러니 이만 죽어라."

김인수는 그들이 든 자동소총을 염동력으로 빼앗으려다 그만두었다. 총열 전체가 파멸철로 이뤄져 있기 때문이었다. 클론이라고는 하지만 다른 일반 병사보다는 좋은 무장이 주어진 듯했다.

"목이 잘려도 죽지 않는 초재생 능력에 파멸철 자동소총이라, 상대하느라 애 좀 먹겠군."

김인수는 귀찮은 듯 내뱉었다. 파멸철 총탄이 이미 그를 노리고 날아오고 있었다. 김인수는 땅을 발로 한 번 쾅 밟자, 지면이 솟아올라 총탄을 막아내었다. 어벤저 스킬로는 파멸철은 못 막지만, 스킬로 인한 결과물은 막을 수 있다는 점을 이용한 방어였다.

"어쨌든 개량한 초재생 능력에도 재생되는 기점이란 건 있졌지. 그걸 찾아볼까."

차원 금고에서 단념검을 스윽 빼어들고, 김인수는 가장 앞에 선 진가염의 심장을 도려내었다. 거리는 20m 이상 떨어져 있었지만 단념검의 사정거리 안이었다.

"으억?!"

진가염의 비명 소리가 들렸지만, 단말마는 아니었다.

"심장은 아니었군. 그럼 다음은 간장을 실험해 볼까?"

"이런 미친!"

고통을 즐긴다던 진가염도 자기 내장을 꺼내 보이기는 싫었던지, 질겁하면서 김인수 쪽으로 뛰어 들어왔다. 자동소총으로는 김인수의 엄폐물을 관통시킬 수 없어서 사격이 가능한 각도를 확보하기 위한 움직임이었다.

그들의 움직임을 보면서도 김인수는 여유작작하게 단념검을 휘둘러 가장 앞에 선 진가염의 간장을 도려내었다.

"억!!"

"간장도 아니었군. 다음은… 에잇! 귀찮아!!"

사격 각도를 확보해 김인수의 육안 시야에 가장 먼저 들어온 진가염이 좌우로 쩍 갈라졌다. 물론 초재생 능력으로 인해 곧 다시 합쳐졌지만, 김인수는 가학적인 미소를 띠었다.

"왼쪽이로군."

"이 새끼가……!"

막 재생한 진가염이 자동소총을 들이대었지만, 그의 시야는 곧 다시 아스팔트와 흙으로 이뤄진 엄폐물에 의해 차단되었다.

"이번에는 위, 아래다!"

단념검은 이번에는 진가염을 허리를 기점으로 위아래로 써걱 잘라 버렸다. 시야는 엄폐물로 인해 가려져 있었지만 김인수는 육안으로만 시야를 확보하는 게 아니었으므로 별문제는 아니었다.

"아래라. 설마 불알이냐?"

"수류탄!"

엄폐물 너머로 수류탄이 휙 날아왔다. 염동력이 듣지 않는 걸로 보아 이것도 파멸철로 코팅한 수류탄인 것 같았다.

"거 참, 호화로운 무기들이로군!"

김인수는 염동력으로 자갈 하나를 집어다 던져 맞췄다. 수류탄은 되레 진가염들 쪽으로 날아갔다. 쾅! 위력도 일반적인 수류탄 이상인지 꽤나 화려한 폭음과 불꽃이 일었다.

그러나 적들은 피해를 입지는 않은 모양이었다. 사실 김인수도 피해를 입힐 생각으로 튕겨낸 건 아니었다. 폭발에 조금이라도 놀라 빈틈을 노출하게 만드는 게 목적이었고, 그 목적은 달성되었다.

"왼쪽 신장."

김인수는 단념검으로 자신의 배후로 돌아온 진가염의 왼쪽 신장을 도려내었다.

"우어억!"

"맞췄군!"

도려낸 신장을 덥석 붙잡아 차원 금고 안에 밀어 넣자, 그 진가염은 그 자리에 털썩 무너져 내려 더 이상 움직이지 않게 되었다. 다른 두 놈은 눈치도 빠르게 벌써 도망치기 시작했다.

"야! 내 소총 놓고 가!!"

신체 강화 능력은 기껏해야 A급 정도인 진가염 클론들이 김인수를 따돌릴 수 있을 리는 없었다. 어차피 단념검의 사거리를 벗어나지 않는 한 무의미한 도주이기도 했다.

진가염의 왼쪽 신장을 두 개 더 수집한 김인수는 그들이 갖고 있던 파멸철 자동소총 세 정과 수류탄 다섯 개를 회수했다.

"이놈들은 나에게 줄 아이템을 떨구러 왔나?"

김인수는 픽 웃었다.

─최재철씨, 큰일 났습니다!

가면을 통해 현오준의 다급한 목소리가 들린 건 그때였다.

"무슨 일입니까?"

─북한이 선전포고를 해왔습니다!

　　　　　*　　　　　*　　　　　*

　북한의 초대 독재자, 정일은이 직접 모습을 드러냈다. 그것
도 TV 카메라 앞에서. 그는 육성으로 대한민국에 대한 원색
적인 비난을 퍼부은 후 선전포고를 했다.

　"정일은이 죽은 지 50년도 더 됐는데! 저건 대체 뭡니까?"

　"WF가 되살린 거겠죠. 아니, 정확히는 복제한 건가."

　현오준이 대신 경악해 줬기에, 최재철은 냉정한 척 분석할
수 있었다.

　이미 북한 체제는 차원 균열에 의해 붕괴되었고, 어보미네
이션이 지속적으로 기어 나와 국토 전역에 헬필드가 깔리는
현세의 지옥이 체현되고 있었다. 그 빈자리에 WF가 파고들어
가 정일은의 방부 처리된 시체를 입수해 복제하고 꼭두각시
인형을 만들어 버린 것 같았다.

　요 2개월간 대한민국에서는 조용하다 싶었더니, 북한에 틀
어박혀서 이런 걸 준비해 뒀던 모양이었다.

　파주에서 조우한 적의 전력이 예상보다 많이 약하다 했는
데, 그건 그냥 선발대 개념이라 그런 거였으리라.

　"대놓고 독가스를 살포한 이유도 이제 좀 알겠군요. 북한 탓
으로 돌려 버리면 만사 해결이니."

　만약 WF가 쿠데타에 성공하더라도 민간인을 상대로 독가

스를 사용한 사실이 발각되면 그 후의 통치에 문제가 생길 수 있었다. 여기서 북한이라는 존재를 이용하는 건 아는 사람이 보기에는 눈 가리고 아웅에 불과했지만, 사정을 모르는 사람들에겐 잘 먹힐 변명이리라.

최재철이 예상한 대로 독가스를 풀어대며 차원 균열을 여는 '북한의 공작'은 경기도 북부 곳곳에서 동시다발적으로 일어나고 있었다. 대한민국 육군과 OJ의 어벤저 팀이 지금도 교전 중이었다.

"솔직히 말씀드려서 전황은 그다지 좋지 않습니다. 육군은 적들이 헬필드로 도망가 버리면 무용지물이 되고, 어벤저 팀이 공세를 취하기에는 전력이 부족합니다."

"제가 가죠."

최재철은 방독면을 다시 쓰며 말했다.

"몇 분 전에 얻은 전리품도 있습니다. 나눠줄 겸도 해서 전선들을 돌아보도록 하겠습니다."

"저도 갈까요?"

"지휘부를 비워두면 안 됩니다. 지휘를 계속해 주십시오."

"…알겠습니다."

현오준이 자리에 앉는 것을 확인한 후, 최재철은 초시공의 팔찌로 포탈을 열었다. 가장 먼저 가야할 곳은 전황이 가장 안 좋은 지역이었다.

　　　　　*　　　　　*　　　　　*

"오, 캡틴!"

최재철이 포탈을 열고 오자마자 곧장 유구언이 그를 반겼다.

"상황은 어때요?"

"독가스 발생 장치는 육군 자주포가 파괴해 주었습니다만 적들은 헬필드 안에서 개인 화기를 든 채로 농성 중입니다."

유구언이 이끄는 부대는 헬필드로부터 200m 가량 떨어진 곳에서 엄폐 중이었는데, 적들의 개인화기로부터 몸을 지키기 위한 선택인 것 같았다.

"어벤저가 접근하면 필드 밖으로 나와서 총을 쏘고, 육군이 접근하면 필드 안으로 도망가서 투석기로 바위를 던지는 식으로요. 그렇다고 저희가 후퇴하면 또 무슨 일을 벌일지 모르니, 지루한 대치만 계속되고 있죠. 다른 데도 마찬가지일 겁니다."

투석기는 화약을 쓸 수 없는 헬필드 안에서 활용할 수 있는 가장 강력한 투사력을 지닌 병기 중 하나였다. 트레뷰셋이라면 사거리도 꽤 확보할 수 있고 정확성도 어느 정도 담보할 수 있어서 일제 사격을 가한다면 그냥 방어하는 입장에서는 어지간한 현대 무기로도 대응하기 힘들 것이다. 날아오는 바위를 떨어뜨리겠다고 MD를 가동시킬 수도 없는 노릇이니 말이다.

"그럼 이쪽에서도 돌을 던져야겠군요."

최재철은 그렇게 말하면서 집채만 한 바위 한 덩어리를 맨손으로 집었다.

"와오!"

유구언이 감탄성을 냈다. 그도 이 정도는 할 수 있을 텐데도 감탄성을 낸 이유는 최재철이 다음에 할 행동에 대해 이미 예상했기 때문이리라.

최재철은 바위를 휙 던졌다. 바위가 아름다운 포물선을 그리며 적진으로 날아갔다. 정확히 적의 트레뷰셋을 노리고 날아가던 바위는 도중에 굉음을 내며 파괴되었다. 이미 바위가 헬필드 안으로 들어간 상태에서 파괴되었으니, 능력에 의한 폭발일 터였다.

"적진에도 꽤 쓸 만한 능력자가 있는 모양이로군요."

바위가 날아간 포물선으로 이쪽 위치를 특정했는지, 트레뷰셋으로 발사된 다섯 개의 바위 포탄이 꽤 정확하게 이쪽을 향해 날아오고 있었다.

하지만 그 바위탄들은 지면에 닿지 않았다.

"뭐, 저라면 요격을 하진 않았겠지만요."

염동력으로 인해 허공에 딱 멈춘 바위탄들은 곧 왔던 방향으로 도로 날아갔다. 두 개의 바위탄은 요격당해 공중에서 폭발했지만, 나머지 세 바위탄은 트레뷰셋에 적중했다.

"빙고!"

유구언은 신난 듯 외쳤다.

"역시 캡틴이로군요!"

그걸 들은 최재철은 쓴웃음을 지었다.

"그 별명으로 부르는 거 그만두라니까……. 뭐, 아무튼 좋습니다. 제가 앞장설 테니 따라오시죠. 돌격할 겁니다."

"네? 돌격이요? 하지만 적의 전력이……."

최재철의 말에 놀라며 망설이는 유구언에게 최재철은 일부러 자신만만하게 대꾸했다.

"둘밖에 요격하지 못한 시점에서 이미 계산은 끝났습니다. 우릴 속이려고 일부러 투석기를 세 대나 파괴시키도록 내버려 두진 않았을 테니까요."

"알겠습니다, 캡틴! 여의주 씨, 권우언 씨! 들으셨죠? 캡틴께서 돌격하라고 하십니다!!"

유구언은 자신의 두 부장에게 통신 장치를 통해 명령했다.

"알겠습니다!"

"영광입니다!"

두 사람의 대답이 들렸다. 최재철은 픽 웃었다. 인사권은 그냥 현오준한테 넘겨둔 터라 권우언이 어디 갔는지 궁금한데, 여기서 백의종군하고 있는 모양이었다.

뭐, 그런 거야 아무래도 좋았다. 지금은 움직여야 할 때였다.

"그럼 먼저 갑니다!"

최재철의 몸이 조금 전의 바위와 같은 궤도로 휙 날았다. 적의 폭발 능력자들이 최재철을 노리는 것이 보였다. 최재철은 손에 쥐고 왔던 돌멩이 두 개를 던졌다. 컥, 억! 두 놈이 피를 뿌리며 쓰러졌다.

"미안하지만 이것도 전쟁이라서!"

바람의 칼날을 집어던져 투석기부터 파괴한 후, 최재철은 자신을 향해 몰려오는 적 어벤저들을 차례차례 패대기치기 시작했다.

파주 지역에서와 달리 적들의 수준은 그리 높지 않았다. 적들은 반사적으로 자동소총을 들어 최재철을 겨누었지만, 여기는 헬필드다. 자동소총보다야 자갈 하나를 던지는 것이 더욱 위력적이었다.

"죽여! 숫자는 우리가 더 많아!!"

그나마 계급이 좀 높아 보이는 적 어벤저 하나가 그렇게 소리 질렀다. 최재철은 즉시 그쪽으로 달려가 그놈의 먹살을 잡아다 머리를 지면에 박아버렸다. 그가 거꾸로 처박히자, 용기를 내어 접근하던 놈들이 움찔 멈췄다.

"캡틴의 뒤를 따라라!"

"와아아아아!!"

거기다 뒤이어 유구언 팀의 어벤저들이 헬필드로 치고 들어오자, 슬슬 사색이 되어가기 시작했다. 원래대로라면 어벤저들이 진입해 오기 전에 자동소총으로 응전했어야 했는데, 최재철에게 신경을 빼앗기는 바람에 골든타임을 놓쳤다.

적들 입장에서 보자면 가장 먼저 에이스들부터 잃은 데다 최재철은 이미 헬필드 영역 안에 있었기에 화기로는 제압할 수 없었고, 최재철의 뒤를 이어 OJ 측의 어벤저들이 소릴 지르며 몰려오니 암담하다고 느낄 법도 했다. 그러다 보니 도주하려는 놈들이 생겨나기 시작했다.

"헬필드 바깥으로 나가려는 놈들을 놓치지 마라!"

순수하게 도주하려던 것이든 필드 밖으로 나가 자동소총으로 응전하려던 의도였든 상관없이 어쨌든 헬필드 안에서 모두 쓰러뜨려야 했다. 순수한 화력은 대한민국 육군이 우월하다 한들 적에게 화기 사용을 허용하면 아군의 손실이 더 커질 테니 말이다.

최재철부터가 앞장서서 도망치는 놈들을 꺼꾸러뜨리고 현오준이 그렇게 칭찬을 많이 했던 유구언이 기대를 만족시키는 활약을 해서, 결국 큰 피해 없이 헬필드의 점령에 성공했다.

"뒤처리는 부탁드리죠, 유구언 팀장님!"

아직도 경기도 곳곳에서 교전이 벌어지고 있었다. 이 지역에서의 교전만 신경 쓰고 있을 겨를이 없었다.

"맡겨만 주십쇼, 캡틴!"

유구언의 든든한 대답을 들은 최재철은 바로 다른 지역으로 향했다.

* * *

최재철이 현오준의 보고에 따라 전황이 안 좋은 지역부터 쭉 돌았다. 경기도 지역을 어느 정도 정리하고 나자, 이번에는 또 다른 급보가 현오준으로부터 날아왔다.

"북한 지역에 있던 어보미네이션들이 휴전선을 넘어 남침해 오고 있다고 합니다!"

놀라운 이야기였다. 놀라운 이야기일 수밖에 없었다. 이북의 어보미네이션들이 한꺼번에 몰려온다는 이야기는 쉽게 믿을 수 없는 이야기였다.

이야기를 들은 최재철은 서둘러 휴전선으로 향했다.

그동안 휴전선 너머의 어보미네이션들이 조용했던 건 휴전선에 주둔하고 있는 미군이 너무 잘 싸워서 최하급이나 하급 어보미네이션은 도저히 방어선을 뚫을 수 없었기 때문이었다.

겁을 먹은 어보미네이션들은 한 번 크게 데인 후부터는 아예 휴전선으로는 접근도 안 했다.

그런데 그 어보미네이션들이 갑자기 휴전선을 넘어 남침해 오고 있다는 건 보통 일이 아니었다. 어떤 큰 변수가 없는 한 그런 일은 일어나지 않는다. 그리고 그 변수 중 지금 가장 먼저 떠오르는 것은 역시 WF였다.

어보미네이션을 완전히 제어하는 것은 불가능하다. 단순히 압도적인 힘을 보여서 원하는 방향으로 도망치도록 몰 수도 있지만, 이건 늑대가 사냥감을 모는 것과 그리 다르지 않다. 제어한다고는 말할 수 없다.

결국 내릴 수 있는 결론은 한정적이었다.

"아마도 어보미네이션 조련 스킬을 손에 넣었겠지."

"그런 스킬도 있어요?"

최재철은 오연화와 함께 GOP에 나와 있었다. 어보미네이션의 파도가 어느새 육안으로 식별할 수 있는 곳까지 몰려와 있었다.

현오준 팀에서 가장 강한 화력을 뿜어낼 수 있는 인원은 최재철을 제하면 여전히 오연화였다. 그래서 최재철도 이 최전방까지 그녀를 데려온 것이었다. 오연화더러 사람을 죽이라고 하기엔 여전히 꺼려졌지만, 어보미네이션이라면 다르다.

"그래. 고유 스킬이라서 첫 계약 때만 얻을 수 있는 스킬이지. 나도 못 익혔어."

"선생님도 못 얻는 스킬이 있어요?"

오연화가 놀란 토끼 눈을 떴다.

"애초에 어지간히 미친놈이 아니고서야 계약마한테 어보미네이션을 조련할 수 있는 스킬을 달라고 할 수 있을 리가 없지. 애초에 너무 비싼 스킬이라 자기 존재 하나만 바치는 것 갖고는 안 돼. 가족들도 바치는 정도는 되어야 하지."

"가족……."

오연화의 표정이 삽시간에 어두워졌다. 그러고 보니 그녀도 비슷한 방식으로 힘을 얻었다. 그녀가 가장 원하지 않았던 방식으로. 최재철은 그녀의 어깨에 손을 얹어 위로했다.

"가능성의 하나일 뿐이야, 연화야. 그보다 준비나 해둬."

"네, 선생님."

상황은 별로 좋지 않았다. 설치해 둔 크레이모어는 이미 다격발된 지 오래고, 지뢰 매설 지역도 어보미네이션 무리가 이미 몸으로 다 밟아 터뜨린 뒤였다.

후방의 야포 화력 지원과 함께 기관총 포대가 불을 뿜어서 진군해 오는 어보미네이션의 파도를 간신히 막아내고 있었지만, 언제까지 버틸지 알 수 없었다.

재래식 화력 갖고는 얼마 못 버틴다. 폭격기 폭격 정도는 필요했지만, 아직 공군은 조용했다. 지난 대재해 때 작전권은 다시 미군에 넘어갔으니, 미군이 아직 폭격 명령을 내리지 않은 거라고 짐작할 수 있었다.

하긴 아직 버틸 만한 건 사실이니, 미군의 결정 갖고 뭐라 하긴 그랬다.

"뭐, 그전까지는 우리가 어떻게든 해야겠지."

어보미네이션들은 다른 어보미네이션들의 시체를 넘고 넘어 계속해서 진군해 오고 있었다. 기관총의 총열이 달아올라 잠깐 식히고 있는 사이에, 끊임없이 파도처럼 몰려오는 어보미네이션의 무리는 평범한 인간이라면 도저히 제정신으로 보고 있을 수 없을 터였다.

특히나 원래대로라면 다른 어보미네이션을 포식해야 할 빅 마우스가 촉수를 휘두르며 허공을 유영하고 있었고, 그 빅 마우스를 주식으로 하는 거대한 고래 형태의 어보미네이션인 눈 사냥꾼이 이 세상의 것으로는 들리지 않는 기이한 포효를 하며 날아오고 있었다.

원래대로라면 지구에서는 보기도 힘든 저 거대한 상급, 최상급 어보미네이션들 때문에 현역병들이 공포에 사로잡히기 전에 놈들을 좀 뒤로 물러나게 할 필요가 있었다.

"염동력의 벽을 세우는 느낌으로…… 그래, 잘했다."

오연화가 염동력의 벽으로 어보미네이션들을 막아 세워 한군데로 잘 몰아넣자, 최재철은 그 상공에 운석들을 불러내었다.

"메테오 스트라이크?!"

오연화가 놀라움 반, 기쁨 반이 섞인 목소리로 말했다.

"아니, 그냥 운석군 소환이야. 그보다 왜 메테오라고 하니?"

최재철은 그렇게 잡담을 하면서 불러낸 운석들을 어보미네이션의 머리 위에 떨어뜨렸다. 콰콰콰쾅!! 비록 궤도상 폭격인 건 아니라 위력은 많이 줄어들었지만 어쨌든 운석은 운석이다. 대폭발의 벽이 GOP 너머를 가득 메웠다.

"히이이이익!!"

달아오른 기관총의 총열을 갈던 기관총 사수가 공포에 찬 비명을 내질렀다. 열기와 폭음이 여기까지 미쳤으니 당연하다고 할 수 있었다. 염동력으로 벽을 세워 기관총 사수를 보호해 주면서, 최재철은 주의 깊게 폭발 너머를 지켜보았다.

어보미네이션들은 폭발의 여파로 삽시간에 세 개의 목숨을 낭비했지만, 진군을 멈추고 있지는 않았다. 그걸 본 최재철은 쯧, 하고 혀를 찼다.

"겁을 주려고 꽤 큰 스킬을 쓴 건데, 도망치지 않는군. 연화야, 안 좋은 소식이다. 저것들은 역시 조련당한 게 맞는 같다."

최재철은 심각한 목소리로 결론을 내렸다.

"그럼 어떻게 해야 하죠?"

오연화가 따라서 심각한 목소리를 냈다. 그게 묘하게 귀여워서 이 상황에서도 최재철은 픽 웃고 말았다.

"이대로는 끝이 안 나. 저 어보미네이션들을 일일이 다 처리하고 있을 수도 없고. 그러니까……"

"소환사를 직접 쳐야 한다는 거로군요!"

"어, 응. 맞아. 그런데 왜 하필 소환사라 그러니?"

그 질문에 대한 답은 돌아오지 않았다.

"먼저 말씀드리지만, 저도 갈 거예요."

대신 돌아온 건 고집으로 똘똘 뭉친 선언이었다. 최재철은 픽 웃으며 대꾸했다.

"…그래, 너 떼어놓고 가는 게 더 힘들 거 같다."

최재철은 염동력으로 스스로의 몸을 띄워 올렸다. 오연화는 비행 능력을 부여하는 아티팩트인 헤르메스의 부츠를 사용했다.

"자, 가자."

"네, 선생님!!"

그런 그들을 맞이하기라도 하듯, 거대한 어보미네이션이 폭염을 뚫고 나타났다. 눈 사냥꾼이었다.

크구거거거거거.

공기는 물론이고 차원마저 흔들린 것 같다는 착각마저 줄 정도로 엄청난 포효를 내지르며, 눈 사냥꾼이 허공에 뜬 최재철과 오연화를 노렸다.

"하, 저거 비싼데. 그래도 상처 없이 사냥할 수 있을 정도로 여유 있는 상황이 아니로군."

최재철은 아쉬움에 혀를 한 번 차고 차원 금고에서 눈 사냥꾼 사냥용 아티팩트인 스타벅의 작살을 꺼내다 던졌다. 스타벅의 작살은 정확히 눈 사냥꾼의 심장으로 파고들었다. 평소라면 심장만을 파괴하도록 조심조심 죽였을 테지만, 이번만큼은 달랐다.

쾅!

거대한 폭발이 눈 사냥꾼을 휘감았다. 눈 사냥꾼은 그대로 한 번, 즉사했다. 물론 그래도 눈 사냥꾼에게는 다른 어보미네이션과 마찬가지로 두 개의 생명이 남아 있긴 하다.

"되살아나는 데 시간이 걸릴 거야. 무시하고 가자."

"네, 선생님."

오연화도 눈 사냥꾼을 이렇게 가까이에서 보는 건 처음일 텐데도, 별로 겁먹은 기색도 없이 태연히 대꾸했다.

눈 사냥꾼을 쉽게 따돌리고, 두 사람은 빠른 속도로 휴전선을 넘어서 월북했다.

* * *

처음에는 하늘을 날아다니는 눈 사냥꾼이나 빅 마우스 정도만 지나가다가 말고 충동적으로 최재철과 오연화를 노리는 정도였는데, 앞으로 나아갈수록 집단적이고 적극적으로 최재철과 오연화를 공격하기 시작했다.

"아무래도 적이 우리가 온다는 걸 눈치챈 것 같다."

자신을 향해 달려드는 빅 마우스의 촉수를 모조리 잘라 산 채로 지면에 내던지며 최재철이 말했다. 최재철이 하던 걸 똑같이 따라하던 오연화가 눈을 동그랗게 떴다.

"그럼 어쩌죠?"

"어쩌긴, 대놓고 가서 말살해야지."

오연화 앞이라 그렇게 말하긴 했지만, 적의 능력에 대해 정확히 모르는데다 그 적이 자신보다 강할 수도 있다는 점은 최재철에게도 부담이었다.

"일단 속도를 좀 올려야겠다, 연화야."

"네?"

"이리로 와."

"꺅!"

최재철은 오연화를 품에 안았다. 오연화의 얼굴이 빨갛게 물드는 장면은 녹화해 두고 싶을 정도로 귀여웠지만, 지금 상황이 그럴 상황은 아니었다. 애초에 그녀를 안는 것이 목적인 것도 아니었고 말이다.

"꽉 잡아. 속도 올린다."

"네? 꺄아아아악!"

오연화는 조금 전의 비명과는 전혀 다른 비명을 질렀다. 쾅쾅쾅쾅! 음속을 돌파하고 공기의 벽을 부숴가며 최재철은 하늘을 가로질렀다.

평소라면 소닉붐을 발생시키지 않도록 하고 속도를 올렸겠지만, 이번에는 일부러 소닉붐을 발생시켜서 주변의 어보미네이션을 휘말아들도록 하고 있었다. 이러면 휴전선 쪽의 병사들에게 부담이 조금이라도 덜 갈 터였다.

그렇게 꽤 전진한 그들의 앞을 이번에는 어보미네이션으로 쌓아올린 벽이 막아섰다. 오히려 그 벽이 최재철에게 있어서는 자신감을 부여해 주었다.

"여기가 맞군!"

적은 날 두려워하고 있다. 그러므로 나는 적보다 강하다!

본래대로라면 야생 동물이나 할 사고 패턴이지만, 별다른 정보가 없을 때는 이런 직감에 의존하는 게 오히려 나은 경우가 많았다.

단념검을 빼어들까 하다가, 이제까지는 에스파다 도 오르덴의 가면을 쓰고 있을 때만 단념검을 빼어들었다는 것을 뒤늦게 생각해 낸 최재철은 이번에는 글라디우스 형태의 아티팩트를 꺼내들었다. 이 아티팩트의 이름은 만관검. 뭐든지 꿰뚫어 버리는 검이라는 의미를 가지고 있다.

어보미네이션으로 이루어진 벽에다 만관검을 찔러 박자, 그 찌른 부위로부터 반경 5m쯤 되는 구멍이 뚫렸다. 어보미네이션들이 꾸물거리며 벽을 도로 막으려고 했지만, 이미 최재철과 오연화는 구멍을 통해 벽을 통과한 다음이었다.

벽을 통과하자마자, 최재철을 노리고 한 줄기의 굵은 광선이 날아들었다. 최재철은 익숙하게 궤도를 바꿔 그 광선을 피했다. 괜히 뒤에서 우글거리는 어보미네이션들만이 깔끔하게 소멸당했다.

"파멸의 빛이로군. 꽤 수준이 높은데?"

광선이 날아온 쪽을 보니 어벤저 한 무리가 모여 있었다. 숫자는 10명 정도. 그중 세 명이 기괴한 문양을 새긴 바위 위에서 가부좌를 틀고 앉아 집중하고 있었고, 나머지 일곱은 최재철을 향해 적대적인 시선을 보내고 있었다.

저 바위 위에 앉아 있는 놈들이 어보미네이션들을 조종하고 있을 터였다.

적들의 모습을 확인한 최재철은 혀를 쯧, 하고 찼다.

"의식 마법인가. 과연, 저런 방법이라도 써야 이 많은 어보미네이션을 다 제어하지."

최재철이 여기까지 내려오는 동안 본 어보미네이션의 숫자만 해도 수만 마리는 족히 넘었다. 한 명의 어벤저가 제어할 수 있는 규모는 아니었다. 각 어벤저 한 명의 힘은 약하지만,

세 명의 힘을 모아 증폭하는 방식으로 이 거대한 이적과도 같은 현상을 만들어낸 것이리라.

어보미네이션 조련이라는 희귀한 스킬을 가진 어벤저가 동시에 세 명이나 존재하고 있을 가능성은 지극히 낮았다. 인위적으로 만들어진 어벤저들이라고 보는 게 차라리 타당했다.

저 바위도 그냥 평범한 바위가 아니라 차원 세포에서 가져온 아티팩트일 터였다. 차원 능력을 증폭시키는 기능이라도 붙어있는 것일 테고 말이다. 아니라면 이만큼의 대규모 군세를 제어한다는 게 말이 안 된다.

"하지만 다른 놈들은 비교적 무난하군."

능력을 숨기고 있을 가능성이 없지는 않았지만, 그럴 필요성이 그다지 없었다. 최재철은 한 손으로는 슬쩍 오연화의 눈을 가리며 파멸의 빛을 날린 것으로 보이는 놈을 향해 만관검을 찔렀다. 거리는 100m 가량 떨어져 있었지만 상관없었다.

그놈은 심장 부위에서 피를 뿌리며 쓰러졌다. 적 어벤저 집단이 동요하는 빛이 역력했다. 거리가 좁혀들 때까지 파멸의 빛으로 이쪽에 일방적인 공격을 가할 수 있을 것이라고 믿고 있었겠지만, 그 믿음이 깨져서 당황하고 있는 것이리라.

"선생님, 뭐예요?"

"연화야, 저것들 좀 부탁해도 될까?"

벽을 쌓고 있었던 어보미네이션들이 최재철과 오연화를 노리고 뒤에서부터 달려들기 시작하고 있었다. 그럼에도 불구하고 오연화는 밝은 표정으로 자신만만하게 대답했다.

"네!"

대답을 듣자마자 최재철은 쏜살같이 앞으로 날았다. 적들도 이쪽을 향해 날아오고 있었다. 숫자는 다섯. 전원은 일반적인 A급을 초월한 실력자였다. 저 적들이 당연하게 비행 능력을 사용하는 것도 이제는 별로 놀랍지 않았다. 아마도 오연화가 사용하고 있는 것과 같은 종류의 아티팩트를 사용한 것이리라.

최재철은 차원 금고에서 클론 진가염에게서 탈취한 자동소총을 꺼내들었다. 연발로 놓고 방아쇠를 당기자 드르르륵 기분 좋은 소음과 함께 총탄이 허공을 갈랐다.

적들은 코웃음을 치며 능력으로 방어막을 쳤다. 아직 이 소총에 대해 잘 모르는 모양이었다. 파멸철로 만들어진 총탄은 방어막 같은 건 처음부터 없는 것처럼 무시하고 적들을 꿰뚫었다.

"끄아악!!"

세 놈이 피를 쏟으며 추락하는 걸 보고서야 적들은 최재철이 뭘 들고 있는지 깨달은 건지 황급히 다시 왔던 길을 돌아가기 시작했다. 그러나 그들의 속도로는 최재철을 따돌릴 수 없었다. 최재철은 쉽게 적들을 따라잡아 등에다 대고 파멸철 총탄을 선물해 줬다.

"너무 쉽군!"

이계에서도 미리 알고 대처를 하지 않으면 제아무리 실력 자라도 슬링으로 투척된 파멸철 원석을 맞고 죽는 일이 비일비재했다. 하물며 소총으로 발사된 총탄이야 말할 것도 없다. 만약 파멸철에 대한 정보를 사전에 입수하지 못했더라면, 최재철이 저들 꼴이 났을 것이다.

괜히 S급 랭커는 아닌지라, 오연화는 떼거지로 몰려드는 중급 어보미네이션들을 너무나도 쉽게 처리하고 있었다. 어보미네이션들을 동원해도 최재철과 오연화를 처리할 수 없다는 걸 뒤늦게 깨달은 적 어벤저들이 바위에서 일어나 황급히 내빼기 시작했다.

"파이어 인 더 홀!"

그런 적들을 향해 최재철은 파멸철 수류탄을 냅다 던져주었다. 따악! 가장 먼저 도망간 놈의 뒷통수에 쇳덩어리나 다름없는 수류탄이 작렬했다. 쾅! 뒤이은 폭발이 적들을 휘감았다. 폭발이야 그냥 평범한 폭발이지만 파멸철 파편은 능력으로 막히지 않아서 꽤 효과적일 터였다.

최재철은 자동소총의 조정간을 단발로 놓고 수류탄의 폭발에서도 살아남은 놈들을 하나씩 헤드샷으로 처리했다. 탕! 탕! 탕!!

"허, 군대에서 익힌 게 이럴 때 도움이 될 줄이야."

적들을 다 처리하고 나자, 제어에서 풀려난 어보미네이션들이 제멋대로 날뛰기 시작했다. 그건 최재철이나 오연화에게는 그리 불리한 현상은 아니었다. 본성을 되찾은 놈들은 이제 더이상 명확한 목표 설정 없이 대충 약한 놈부터 노려서 서로 잡아먹기 시작했으니까. 아마도 최전방까지 전진한 놈들도 마찬가지 상태일 터였다.

"선생님!"

더 이상 어보미네이션들을 막아서고 있을 필요가 없어진 오연화가 최재철에게 돌아왔다.

"상황 종료. 이제 복귀하자, 연화야."

그렇다. 상황 종료였다. 너무 쉬웠다. 너무 쉬운 게 기분이 나빴다.

"최대한 빨리 돌아가야겠어."

"네? 상황 종료라면서요?"

오연화가 순진한 눈빛을 깜빡이는 걸 보며, 최재철은 픽 웃었다.

"난 내 손으로 진가규 목덜미를 틀어쥐기 전까지는 안심을 못 하겠다."

*　　　　*　　　　*

최재철이 예상했던 대로 WF의 공세는 아직 멈추지 않았다.

아니, 오히려 지금까지의 공세가 눈가림에 불과했다. 대한민국의 공권력이 북한의 것으로 여겨지는 테러와 어보미네이션의 대공세에 대응하는데 집중하고 있을 때, WF의 가장 강력한 힘은 다른 곳을 향해 있었다.

가장 먼저 장악당한 곳은 육군 본부였다. WF는 육군 본부 앞에 차원 균열을 열어버리고 헬필드를 확산시킨 후, 어벤저 병력을 움직여 지휘부를 장악하는 데 성공했다.

그리고 그와 거의 동시에 청와대가 점령당했다. 청와대 측에는 차원 균열이 열리지는 않았다. 임기가 2개월 남은 대통령은 마치 사전에 협의한 것처럼 쉽게 항복해 버렸다.

다음은 의회였다. 마침 의회에서는 북한 측의 갑작스러운 선전포고 때문에 긴급 임시 국회가 열리고 있었다. WF는 손쉽게 의원들을 제압하고, 저항하는 의원들은 어벤저 스킬을 사용해서 세뇌시켜 버렸다.

마지막으로 차기 대통령 당선자의 자택이 폭파당했다. 대통령 당선자는 즉사했다.

"지나치게 빨라요."

현오준의 말이 맞았다. 이 모든 일들이 일어난 건 최재철이 어보미네이션 조련 능력자들을 처치하기 위해 북한 지역으로 넘어가 있었던 시간 동안이었다.

GOP에서의 대기 시간을 합친다고 하더라도 기껏해야 2시간. OJ측도 WF의 기습 공격에 대비해 나름 어벤저 부대를 배치해 두었고 수도 방위 사령부도 가동하고 있었다. 다른 모든 OJ의 어벤저 부대와 대한민국의 최전선 실전부대가 가용 중인 걸 감안하더라도 너무 빨랐다.

OJ의 어벤저 부대는 패퇴했고, 수도방위부대는 헬필드 때문에 별 역할을 못했다. 다른 곳보다 OJ가 적들의 쿠데타 성공 소식을 빨리 접할 수 있었던 건 아이러니하게도 패퇴한 어벤저들이 먼저 보고를 했기 때문이었다.

"내부자의 내응이 있었겠죠."

최재철이 대답했다. 뭔가 있을 거라고 생각했긴 했지만, 이렇게까지 대담하게 저지를 거라고는 생각하지 못했던 그도 상당히 당황하고 있었다.

"차기 대통령 당선자 쪽에게도 말입니까?"

"그야 그렇겠지요. 매수, 세뇌, 협박……. 방법은 얼마든지 있습니다."

WF는 어벤저가 아닌 일반인을 어벤저로 만들고 원하는 어벤저 스킬을 부여하는 기술을 가지고 있다는 게 밝혀졌다. 아직까지도 물증은 없지만, 정황증거는 충분했다.

돈으로 매수하는 게 통하지 않는 상대라도, 어벤저 스킬 부여를 미끼로 매수를 시도한다면 결과는 달라질 수 있다. 달라지지 않더라도 세뇌 능력을 부여한 어벤저로 세뇌해 버리면 그만이고.

매수보다는 세뇌가 싸게 먹히는 데도 불구하고 세뇌를 먼저 했을 거라고 생각하는 이유, 그것은 세뇌의 경우 매수와 달리 해제가 가능하기 때문이다. 더군다나 적들은 이쪽에 세뇌를 해제할 수 있는 능력을 가진 인물이 존재한다는 걸 알고 있을 가능성이 높았다.

"쿠데타를 허용해 버리고 말았군요. 이제 저쪽이 관군입니다."

현오준은 한숨을 내쉬었다. 아니나 다를까, 육군 본부에서 하달된 명령에 따라 대한민국 국군은 이미 전장에서 철수했다. 그나마 GOP의 어보미네이션들이 다시 북쪽으로 물러가서 한 번의 위기는 넘겼지만, 다음 상황부터는 OJ의 어벤저 부대로만 대응해야 했다.

국군이 적으로 돌아설 가능성에 대해서도 생각하지 않으면 안 되게 된 이상, 상당히 골치가 아파진 게 현실이었다.

"그렇다고 달라질 건 없습니다."

최재철은 적대감을 담은 시선으로 TV를 쏘아보며 말했다.

"저는 저의 적을 처치할 뿐이니까요."

아직 TV에서는 아무런 소식도 나오고 있지 않았다. 북한의 선전포고조차 TV 전파를 타지 못했는데, 쿠데타 소식이 벌써 뉴스로 나올 리는 없었다.

하지만 적들은 곧 승리 선언을 할 것이다. 최재철이 기다리고 있는 건 그것이었다. 어쩌면 지금까지 그가 가장 기다려왔던 순간이기도 하다.

쿠데타의 성공을 자축하는 선언, 그것은 곧 저들이 자신들의 죄를 스스로 고백하는 것과 마찬가지였으니까.

"정의라는 이름으로 복수를 할 수 있게 될 겁니다. 역사에 길이 남을 복수를."

최재철은 말했다.

*   *   *

상황은 어느 정도 최재철이 예상한 대로 돌아갔다. 청와대로 기자들이 부름을 받았다. 카메라들의 플래시 세례를 받으며, 진가규가 TV에 직접 나왔다.

진가규는 김인수를 차원 균열 안으로 밀어 넣을 때보다도 더욱 젊어진 모습이었다. 아무리 높게 잡아야 기껏해야 40대 정도로, 그의 모습은 도저히 손자까지 있는 노인으로는 보이지 않았다.

"국민 여러분, 본인은 진가규라 한다."

마치 영주가, 왕이, 황제가 신민들에게 말하듯, 진가규는 좋게 말하면 예스럽고, 정확히 말하자면 시대착오적인 오만한 말투로 말했다.

"공화국은 국민 여러분에게 투표권을 하나씩 부여하지만, 이것이 중우정치로 번질 위험이 있음은 고래로부터 증명되어온 바이다. 어리석은 민중은 루이 16세를 죽여 스스로를 위태롭게 만들고, 나폴레옹을 황제로 옹립해서야 간신히 스스로를 지켰다. 어리석은 민중은 스스로 히틀러를 불러들여 통령으로 삼고 스스로를 위태롭게 하였다."

진가규는 어리석은 민중이라는 단어에 힘을 주어 발음하고 있었다. 마치 자신은 현인이라는 듯, 어른이 어린아이를 가르치듯, 교훈이라도 주려는 듯, 그의 이야기는 이어지고 있었다.

"그리고 바로 어제, 이 대한민국의 국민 여러분은 진정으로 어리석은 선택을 하였다. 대통령이 되어서는 안 되는 자를 대통령으로 뽑아 올렸으니, 이 어찌 어리석지 않다고 할 수 있으랴. 어리석은 민중에게 스스로를 이끌 자를 뽑을 선택권을 준다는 것은 이렇게도 어리석은 일이다."

그렇게 실컷 민주주의를 폄하한 후, 진가규는 말투를 바꿨다.

"그와 반대로 위대한 왕의 통치 아래 국가와 신민은 얼마나 행복한가. 세종대왕 아래서 조선은 그리도 행복했으며, 징기

스칸 아래서 몽골제국은 세계의 절반을 통치했으니. 보라, 위대한 자의 통치를 받는다는 것은 그것 자체가 영광이노라."

진가규가 대중들을 칭하는 단어를 국민 여러분에서 신민으로 바꾸었다. 신민. 이 시점에서 진가규가 어떤 이야기를 하려는지, 어느 정도 짐작이 갔다.

"어리석은 왕이 왕위에 오름은 국가의 재앙이나, 그것은 인간의 수명에 한계가 있기 때문이다. 그 얼마나 위대한 왕이라 한들, 언젠가는 죽고 만다. 그 뒤를 이어서 어리석은 자가 그저 혈통이라는 알량한 끈에 기대어 군주의 직에 오르는 것은 그 본인에게도 재앙이다."

이 이야기를 들으며 진가층을 떠올린 이가 한둘은 아니리라. 그러나 진가규는 바로 이야기를 반대로 뒤집었다.

"하나 보라. 여러분 앞에 모습을 드러낸 이 진가규의 모습을. 본인은 늙지 않고 죽지 않는 영생을 손에 넣었으니, 영원토록 위대하리라."

진가규가 마지막으로 공개 석상에 모습을 드러낸 건 70대 노인의 얼굴으로였다. 하지만 40대의 그것으로 탈태한 지금의 진가규는 정말로 영생을 살 것으로 여겨질 수 있었다.

그러나 동시에 이 발언은 자신의 손으로 민주주의를 살해하고 왕정복고를 꾀하겠다는 의미밖에 되지 않게 되었다. 더불어 그 왕정 국가 대한민국의 국왕은 자신이 하리라는 야심을 드러내는 발언이기도 했다.

"제국의 신민이 된 것을 영광으로 여기라. 본인은 대한제국의 부활을 여기서 선언하노라."

그렇게 이야기를 마친 진가규는 본인이 직접 황금 관을 들어 자신의 머리에 썼다.

그러자 누군가가 선창했다.

"대한제국 영원 황제이신 진가규 폐하! 만세!!"

"만세!"

"만세!!"

만세 소리는 그 자리에 집결한 이들에 의해 울려 퍼졌다.

*   *   *

한 편의 희극과도 같은 진가규의 연설을 들으며, 최재철이 느낀 건 차라리 희열이었다.

"이렇게까지 명백하게 악당이 되어줄 거라곤 생각 못 했는데 말이죠."

현오순도 같은 생각인지, 번뜩이는 눈동자로 TV를 노려보고 있었다. 기본적으로는 복수심으로 움직이는 그들의 행동 원리에, 타파해야 할 원수가 스스로 악임을 자인했다. 그렇다면 이들의 복수는 곧 정의가 된다. 복수자로서 어찌 희열을 느끼지 않을 수 있을까.

"이제 우리나라는 제국이 된 건가요?"

조소 섞인 목소리로 현오준이 말했다.

"제국이 되려면 제후국이 필요할 텐데요."

"북한을 제후국으로 삼겠죠."

최재철의 말이 채 다 끝나기도 전에 TV의 화면이 바뀌었다. TV에는 북한의 지도자, 정일은이 나와 있었다.

"우리 북한은 진가규 황제 폐하의 즉위에 경하 말씀을 올리며, 무조건 항복을 선언합니다."

정일은은 그렇게 무책임할 정도로 짤막하게 선언을 마쳤다. 이에 진가규는 정일은을 북한의 왕으로, 자신의 아들인 진가염은 남한의 왕으로 봉했다.

"제후국이 생겼군요."

"하……."

최재철의 말에 현오준이 허탈한 듯 웃었다. 이게 불과 10분 사이에 일어난 일이었다. 미리 계획한 대로 진행해도 이것보단 느릴 터였다.

"이렇게 서두를 필요가 있었을까요? 짠 거 아니냐는 의혹을 받을 텐데."

"아마… 당신 때문일 겁니다, 최재철 씨."

현오준이 진지하게 말했다.

"당신이 저들의 예상보다 빨리 북한의 어보미네이션 침공을 막아내 버리는 바람에, 시나리오의 진행을 서둘러야 했겠지요. 원래대로라면 진가규의 군대가 직접 북한의 침공을 막아내고 항복을 받는 시나리오라도 짰겠지만, 그게 불가능해졌으니 아쉬운 대로 한 걸 겁니다."

"시나리오라……. 하긴, 그렇게라도 생각하지 않으면 답이 안 나오는군요."

애초에 선전포고를 한 이유로 댄 게 차기 대통령 당선자가 마음에 들지 않는다는 것이었으니, 아예 말이 안 되는 시나리오도 아니었다.

하기야 북한의 선전포고 자체가 엠바고에 걸려 대중들에게는 아직 알려지지 않은 상태라, 50년도 전에 죽은 정일은이 TV에 얼굴을 비친 것 자체가 충격적으로 비칠 터였다.

여러모로 21세기에 일어난 일이라고는 너무나도 몰상식한 일이었지만, 아무도 반대하지 않는다면 저들의 뜻대로 모든 것이 굳어지리라. 이제까지 일어난 쿠데타가 모두 이렇게 일어났다.

군대노 의회도 모조리 적들에게 장악당한 이상, 반대할 만한 세력은 별로 남아 있지 않았다.

"국내에는 우리 정도겠죠."

똥 씹은 얼굴로 현오준이 말했다. 그의 말대로였다. 미국이

나 중국, 러시아 같은 외국들의 대응을 기다리고, 그들의 영향력을 빌릴 생각을 해선 안 됐다.

아니, WF가 그간 행사해 온 국제적 영향력을 미루어볼 때, 중국이나 러시아가 신생 대한제국에 긍정적인 반응을 보일 가능성은 별로 낮지만은 않았다. 미국도 자국에 차원 균열이 열린 이후부터는 폐쇄주의를 표방하고 있으니 그들의 움직임을 기대하기 힘들었다.

모든 것이 굳어지기 전에 직접 나서야 했다. 그것이 지금 내릴 수 있는 유일한 결론이었다.

"어벤저들을 모아주세요."

최재철은 결의했다.

"이번에는 저도 갈 겁니다."

최재철의 말에 현오준이 즉시 말했다.

"지휘는 당신이 하십시오, 최재철 씨."

마지막 전투가 될 것이다. 뒤에 숨을 필요도 이제 없다. 최재철의 부모를 지키기 위해서라든가, 잡스러운 변명 따위는 때려치울 때가 되었다.

"…알겠습니다."

최재철은 고개를 끄덕였다.

*   *   *

아직 해가 뜨기도 전임에도 불구하고 꽤 많은 사람이 광화문에 집결해, 청와대를 향해 행진을 시작했다. 진가규의 즉위식을 TV로 보고 격분한 사람들이 누군가가 선동하기도 전에 스스로의 의지로 모여 항의 집회를 시작한 것이었다.

TV 카메라가 그들을 비추고 있었다. 외신들도 몰려들었다. 대한민국에 갑자기 일어난 이 사태는 분명 좋은 특종이 되리라. 대한민국에서 이제까지 일어났던 두 차례의 쿠데타에서도 외신 기자들은 안전한 편이었다.

하지만 그들은 아직 깨닫지 못하고 있었다.

'제정 반대', '물러나라, 진가규' 등의 구호를 외치며 천천히 전진하던 그들의 앞을 탱크가 가로막았다.

"설마 발사하진 않겠지."

누군가가 중얼거렸다.

"발사!"

하지만 그 중얼거림을 비웃기라도 하듯, 지휘관이 우렁차게 외쳤다. 쾅! 탱크의 포가 불을 뿜었다.

"이 새끼들! 진짜로 쐈어!!"

군중들 사이로 공포가 들불처럼 번졌다. 스스로가 안전하다고 생각했던 외신 기자들도 두려워하긴 마찬가지였다.

그런데 탱크에서 발사된 포탄은 아무도 죽이지 못했다. 누군가가 그 포탄을 맨손으로 받아냈기 때문이었다. 그 근력은 물리법칙으로 설명하기 어려운 부류의 것이었다. 즉, 남자의 정체는 어벤저였다.

"씨팔 놈들아!"

포탄을 받아낸 남자가 욕설을 내뱉으며 탱크를 향해 되던 졌다. 쾅! 포탄을 정통으로 맞은 탱크가 폭발했다. 당장의 위협이 사라지자 군중의 공포는 곧장 분노로 치환되었다.

"죽여 버려! 없애 버려!!"

"와아아아아!!"

성난 군중들이 병사들을 향해 몰려가기 시작했다.

"저들은 폭도다! 발사하라! 발사하라!!"

소총병들이 전열보병처럼 일자로 늘어서서 비무장 상태인 시민들을 상대로 일사불란하게 총격을 시작했다. 탱크의 포탄과 달리 그것들은 어벤저 한둘이 다 받아낼 수 있는 게 아니었다. 속수무책으로 사람들이 죽어나가기 시작했다.

"개새끼들! 개새끼들아!!"

총을 맞아 오른팔에서 피를 흘리는 청년이 욕설을 퍼부어 대었다. 그런 청년에게 최하급 계약마가 속삭였다.

[힘이 필요한가?]

"대가는 내 오른팔이다! 저놈들을 죽여 버릴 힘을 줘!!"

총을 맞아 죽기 직전에 이른 시민이 최하급 계약마와 계약을 맺어, 그 자리에서 어벤저가 되었다. 그 시민의 오른팔이 증발하듯 사라지고, 그 자리에 대신 샐러맨더가 자리 잡았다. 샐러맨더가 입을 쩌억 벌리고 병사들을 향해 불꽃을 뿜어내었다.

"끄아아아악!"

"물러서지 마라! 저들은 폭도다! 나라를 위해 싸워라!!"

지휘관이 목에 핏대를 세우며 외쳤다. 탕! 그 지휘관의 머리를 총탄이 꿰뚫었다. 어느새 어벤저 하나가 날아와 병사의 소총을 탈취해서 지휘관을 저격해 버린 것이다.

"병사들도 우리나라 청년들이야! 항복할 놈들은 항복해라!!"

지휘관을 저격한 어벤저가 고래고래 외쳤다. 그러나 그 외침이 무색하게 병사들의 총구는 어벤저를 향했다.

"소대장님도 우리 전우였어, 이 개새끼야!"

"이… 제국의 개들이!!"

총구를 앞에 둔 어벤저는 이를 꽉 물며 눈을 감았다.

타앙!

*　　　　*　　　　*

"크… 큭큭큭."

시민과 군대의 교전 상황을 커다란 디스플레이로 감상하고 있던 진가염의 입술 사이로 웃음소리가 비어져 나왔다.

"우민들과 재래식 군대가 교전 중입니다, 전하."

"상황 보고가 늦군, 두예지 백작."

문을 열고 들어온 두예지에게 진가염이 유쾌한 듯 말했다.

"이미 감상 중이셨군요."

"그래, 내가 만든 영화잖나. 내가 봐줘야지."

지금 벌어지고 있는 상황은 진가염의 말대로 영화인 것은 아니었다. 어디까지나 실제 상황이었다. 그러나 이 상황을 미리 예상하고 각본으로 쓴 건 진가염 본인이 맞았으니, 그의 말은 부분적으로 진실이었다.

"시위 따위로 뭔가 바꿀 수 있다고 믿다니, 민주주의 시민답군. 현실 인식이 늦어. 지금 이 나라는 공화국이 아니라 제국인데 말이야."

—시민을 쏘지 마라!

스피커를 통해 누군가의 처절한 외침이 들렸다. 그러나 그 외침은 곧 총성에 묻혀 사라졌다. 시체 무더기 속에서 태어난 초인들이 거리를 내달리고 있었고, 병사들은 그들을 상대로 살아남기 위해 각개전투를 시작했다.

"내가 만든 작품이지만 참 걸작이지 않나? 혹자는 러시아 혁명 때처럼 군대가 시민의 편에 서지 않을까 걱정했지만, 참

쓸데없는 걱정이었어."

진가염은 잠시 키득거렸다.

"왜? 그때와 달리 지금은 어벤저라는 게 존재하거든. 이미 저들은 무력한 시민이 아니고, 어벤저 스킬이라는 이름의 무기를 든 전사들일세. 전사는 전사와 맞서 싸워야지. 안 그런가?"

"전하의 말씀대로입니다."

두예지가 허리를 숙이며 대답했다.

"저 전쟁의 끝은 어떻게 되리라 예상하십니까?"

"각성하지 못한 자는 죽고, 각성해서 살아남은 자들 중 우리 편은 폭도를 진압한 공로를 인정받아 작위를 받고 귀족이 될 테지. 적들 중에서도 투항하는 자는 작위를 얻을 테고. 말하자면 어벤저의 대량 생산일세. 뭐… 대량 생산되는 건 어벤저만은 아닐 테지만 말일세."

마침 화면에는 어보미네이션으로 변하고 만 병사의 모습이 비쳤다. 상황이 워낙 급박한지라, 계약에 대해 알고 있음에도 불구하고 제대로 계약하지 못한 것이다. 그 광경을 보며 진가염은 싱글싱글 웃었다.

"어보미네이션 공장을 돌릴 필요가 없어서 참 좋군."

어보미네이션으로 변한 병사는 곧 다른 병사들에게 살해당해 시체가 되었다. 헬필드도 없는 환경에서 하급 어보미네이선은 그저 생명이 세 개일 뿐인 피식자에 불과했다.

스피커를 통해 고통스러운 비명이 들릴 때마다 진가염은 박수를 치며 껄껄 웃었다. 사람은 계속 죽어나가고 있었다. 병사들도, 어벤저들도 죽어나가고 있었다.

"여기에서 변수가 하나 나올 법도 한데 말이야."

진가염은 문득 입을 열어 말했다.

"변수 말입니까?"

"그래. 이 상황을 뒤집어엎을 만한 변수라고는 하나 정도지."

상황이 조금씩 변하기 시작했다. 점점 비명 소리가 잦아들고, 진압 부대 측이 일방적으로 밀려 나가고 있었다. 후퇴까지는 하지 않았지만, 명백히 열세였다.

"드디어 나왔군."

그럼에도 진가염의 입가에선 아직 미소가 걷히지 않았다.

"에스파다 도 오르덴!"

어느새 상황은 그가 쓴 각본 속의 클라이막스로 치닫고 있었다.

* * *

"저를 어리석다고 하실 겁니까?"

"아뇨."

최재철의 말에 현오준이 대답했다.

"당신이 옳습니다, 에스파다 도 오르덴."

—예에, 캡틴!

가면의 통신 장비를 통해 유구언의 목소리도 들렸다.

—아무리 기습할 찬스를 놓쳤다고는 하지만, 사람들이 죽어 나가는데 그냥 버리고 갈 순 없죠! 오히려 여기서 그냥 지나쳤다면 실망할 차였습니다!!

—전 스승님이 어떤 선택을 하시든 지지할 겁니다.

이지희가 이어 말했다.

"그렇군."

최재철은 피식 웃었다.

"명령하시죠."

현오준의 말에, 최재철은 고개를 끄덕였다.

"진압 부대를 제압하라."

—예스! 마이 캡틴!!

OJ 부대의 오른쪽에서 유구언이 기다렸다는 듯이 총알처럼 튀어나가, 진압 부대의 소총을 칼로 깔끔하게 잘라내어 버렸다. 그 뒤를 여의주와 권우언이 이었다.

—우리도 지고 있을 수 없죠! 안 그래요? 사저!

—그렇네요, 구문효 사제님.

―그냥 반말 쓰시죠!

오른쪽에서 구문효와 이지희가 튀어나가 진압 부대의 무장을 해제시키고 진압하기 시작했다. 참고로 반말 쓰라는 구문효의 말에 이지희는 2개월 전부터 지금까지 대답을 하지 않은 터였다.

휘하 어벤저 부대원들도 각자의 부대장들을 따라 진압 부대의 제압을 시작했다.

"에스파다 도 오르덴!"

"에스파다 도 오르덴이다! 우리 편이 되어주었어!!"

시민들이 그들을 반기며 외쳤다.

"저도 당신들을 따르겠습니다! 에스파다 도 오르덴!"

오른팔이 샐러맨더의 형상이 되어버린 청년이 외쳤다. 그 청년에게 최재철은 에스파다 도 오르덴으로서 말했다.

"그렇다면 병사들을 죽이지 말게."

"예?"

"저들도 우리 시민일세."

"아… 알겠습니다."

샐러맨더의 청년은 납득하지는 못한 것 같았지만, 일단 그 지시를 따르게 해줄 것 같았다. 최재철 본인조차 흥분한 시민을 자신의 말로 제어할 수 있을 거라고는 믿지 않았는데, 그나마 다행이었다.

진압 부대를 제압하는 데는 그리 많은 시간이 소요되지는 않았다. 최재철은 에스파다 도 오르덴으로서 제압당해 사로잡힌 병사들에게 말했다.

"자네들은 제국 신민인가? 민주주의 시민인가?"

병사들 사이에서는 잠깐 침묵이 흘렀다.

"제국? 신민? 무슨 말입니까?"

병사 중 한 명이 물었다. 최재철은 혀를 찼다.

"아무것도 모른 채 끌려나온 모양이로군. 하긴, 그럴 테지."

"WF의 사장인 진가규가 쿠데타로 정권을 장악하고 황제로 즉위했어! 우린 그걸 반대하기 위해 시위하러 나온 거야!!"

답답해서 못 참겠다는 듯, 샐러맨더의 청년이 외쳤다. 그 외침에 제압당한 병사들의 표정에 충격이 번졌다.

"쉽게 믿지 못할 이야기일 수도 있겠지. 하지만 사실일세."

"아뇨, 에스파다 도 오르덴. 전 당신 말이라면 믿겠습니다."

병사 중 하나가 말했다. 그 눈동자에는 에스파다 도 오르덴에 대한 신뢰가 어려 있었다.

"저도 그렇습니다. 전 민주주의 시민입니다."

"제국의 개라는 소리가 뭔가 했네."

다른 병사들도 그에 이어 말했다.

"저들을 풀어주게. 무장은 모두 해제시키고."

"예? 하지만……."

"정규군이 시위에 합류했다는 것만으로도 여론을 뒤흔들 수 있을 걸세."

상황이 어느 정도 안정화되자 기자들이 다시 기어 나와 이쪽을 향해 카메라를 들이대고 있었다. 몇몇은 이미 마이크를 꺼내들고 시위대를 상대로 인터뷰를 시도하고 있었고, 에스파다 도 오르덴의 인터뷰를 따기 위해 이쪽으로 달려오는 기자도 있었다.

"알겠습니다, 에스파다 도 오르덴."

샐러맨더의 청년은 고개를 끄덕였다.

"이제부터 어떻게 하실 겁니까?"

"청와대로 가야지."

현오준의 질문에 최재철은 한숨처럼 대답했다.

"우리 부대를 전면으로. 시민들을 지켜야 하니."

최재철의 입장에서 본심을 토로하자면 시민들은 집으로 되돌려 보내고 싶은 참이지만, 이들이 쉽게 흩어질 것이라고 생각하긴 힘들었다.

시민들은 이미 너무 많은 피해를 냈다. 지금 살아남아 여기 선 자들은 동지들의 시체를 넘어온 자들이다. 죽음의 공포 앞에서도 도망치지 않은 자들이다.

아무것도 이루지 않고 돌아가기엔 그들은 이미 너무 먼 길을 와버렸다.

"알겠습니다."

현오준이 고개를 끄덕여 대답했다.

*   *   *

에스파다 도 오르뎬의 대한민국 제정화 반대 인터뷰는 TV 전파를 타고 전국으로 퍼졌다. 외신과 인터넷을 통해 시위대를 향한 진압 부대의 발포 소식까지 전해지면서, 전국 각 도시에서 반대 시위가 들불처럼 일어났다. 해외의 언론들도 비난으로 점철되었다.

하지만 대한제국의 자칭 황제, 진가규는 별다른 발언을 하지 않았다. 추가적인 진압 부대를 파견하지도 않았다. 청와대까지 가는 길은 훤히 뚫려 있었다.

에스파다 도 오르뎬이 이끄는 시위대는 어느새 청와대 앞에 도달해 있었다. 별 방해도 없이 여기까지 왔다는 것은 황제가 시민들의 뜻을 받아들였기 때문일까.

아니, 그럴 리 없었다. 청와대 앞마당에 입을 쩌억 벌리고 있는 저 차원 균열이 황제의 뜻을 알리고 있었다.

WF 측에서 새로이 연 것이 틀림없는 그 차원 균열은 다른 차원 균열과 달리 유난히 거대했다. 그 차원 균열은 그 크기만큼이나 더 넓은 헬필드를 펼친 상태였다. 청와대 건물 전체를 감쌀 수 있을 정도였다.

설령 시위대 측이 군대와 합동해서 미사일을 날리더라도 차원 균열에서 펼쳐져 나온 헬필드로 충분히 막아낼 수 있을 것이다. 그리고 WF가 만들어낸 어벤저 병력은 헬필드하에서라면 재래식 군대 또한 충분히 섬멸할 수 있을 것이다. 만약 미국이 핵을 발사하더라도 벙커를 뚫기는커녕, 청와대 기왓장 몇 개 깨는 수준에 그칠 것이다.

에스파다 도 오르덴이 이끄는 시위대는 바로 그 헬필드 바로 앞에 멈춰 서 있었다. 한 걸음만 더 나아가면 헬필드 안으로 들어가게 된다.

여기까지 행진해 온 시민들도 거대한 차원 균열의 모습에 압도당한 듯했다. 그들이 헬필드에 대해 얼마나 잘 알고 있을지는 의문이지만, 아무도 먼저 필드 안으로 들어가려 하지 않는 것으로 보아 본능적으로 그 위험에 대해 감지하고 있는 모양이었다.

헬필드 안에서 갑자기 커다란 스크린이 떠올랐다. 현대 기술이 통하지 않는 헬필드 안이므로, 어벤저 스킬로 만들어진 것이리라는 유추는 충분히 가능했다. 하긴 일반적인 스크린은 허공에 그냥 둥실 떠오르지는 않는다. 그 스크린에는 진가염의 모습이 떠올랐다.

─반란군 여러분, 여기까지 온 것을 환영하네.

스피커를 통해 나온 것처럼 들리는 이 음성도 어벤저 스킬로 인한 것이리라. 이런 잡다한 스킬마저 보유하고 활용하는 면에서 오히려 WF 측의 여유를 알 수 있었다.

─여기까지 별 방해 없이 온 것에 대해 의문을 느끼는 자가 있다면 눈치가 빠른 편에 속한다고 칭찬해 줘야겠군. 하지만 정말로 눈치가 빨랐다면 그 시위 대열에서 이미 이탈했어야 할 테니, 여러분은 진정으로 눈치가 빠르다고는 할 수 없겠어. 참으로 안타까운 일이야.

스크린에 비친 진가염이 침통한 듯 말하다, 돌연 비릿한 미소를 지었다.

─기왕 이렇게 된 거, 내게 최고의 비명 소리를 선물해 주게나. 자네들의 고통은 내게 더없는 쾌락을 선사해 주겠지. 자아, 기대하겠네!

진가염의 말이 끝나자마자, 군중의 등 뒤에서 폭음이 들렸다. 이제까지 시위대를 따라온 취재용 차량과 헬기가 파괴당하는 소리였다. WF의 마크를 당당하게 단 전투 헬기 2대가 로터 소리를 시끄럽게 내며 사람들을 향해 미니건을 돌렸다.

"히이이익!"

전투 헬기의 위압감이 군중에게는 곧장 공포로 다가갔다. 그리고 그 공포는 곧 현실이 되었다. 미니건이 불을 뿜었다! 타타타타타타!

"미친 새끼들!"

샐러맨더의 어벤저가 욕설을 내뱉으며 헬기를 향해 불을 내뿜었다. 헬기 한 대가 그 불길에 휘말려 그 자리에서 폭발했다.

"헬필드로 들어가!"

아직 떨어지지 않은 헬기를 향해 빛의 칼날을 뿜어내며 구문효가 군중들에게 외쳤다.

빛의 칼날은 전투 헬기의 로터 부분을 정확히 노렸다. 양력을 잃은 헬기는 더 이상 공중에 떠 있을 수 없기에 떨어졌다.

이미 헬기의 미니건으로 인해 서른 명 이상이 죽었다. 1초 남짓한 시간 동안 일어난 일이었다. 그리고 주변 건물의 그림자 속에서 숨어 있던 전투 헬기가 세 대 더 나타났고, 그 뒤를 탱크가 잇고 있었다.

군중은 공포에 질려 헬필드 안으로 몰려갔다. 그러나 많은 사람이 한꺼번에 움직이는 데는 한계가 있게 마련이다.

탱크는 사격 가능한 각도를 확보하자마자 즉시 발포했다. 펑! 사람들의 등 뒤를 향해 포탄이 날았다. 그 포탄을 잡아 되던지기 위해 어벤저 한 명이 앞으로 나섰다.

그러나 그 어벤저를 향해 헬기의 미니건이 조준되었다.

"끄아아악!!"

그 어벤저는 그 자리에서 즉사했다. 미니건에서 발사된 총탄 중에 파멸철로 만들어진 탄이 섞여 있었고, 거기에 심장이 꿰뚫려 죽고 만 것이다.

"문효야! 너도 물러나라!!"

최재철도 크게 놀라 외쳤다. 그러나 이미 늦었다. 미니건의 다음 목표는 샐러맨더의 어벤저와 구문효였다. 군중들의 앞에 서 있던 최재철을 비롯한 OJ의 어벤저 부대원들이 대처하기엔 시간이 몇 초 정도 부족했다.

그 순간, 공중에 떠 있던 헬기 세 대가 회오리에라도 휘말린 듯, 그 자리에서 빙글빙글 돌더니 서로 충돌해 한꺼번에 추락했다. 그리고 그 추락 장소가 하필이면 탱크들이 진격하던 진로 방향이었다. 콰앙! 불길이 솟아올랐다.

"위험하면 날아온다고 했어!!"

소녀의 목소리가 들렸다. 오연화였다. 그녀는 허공을 날아오고 있었다.

"사저! 뒤에!!"

그런 그녀를 본 구문효가 외쳤다. 후방에 위치해서 참사에 휘말리지 않은 전차병이 기관총으로 그녀를 조준하고 있었다.

"흥!"

오연화는 아직도 폭발 중인 헬기를 들어 탱크를 향해 날려 보냈다. 기관총은 헬기를 열심히 쏴대었지만, 파멸철 총탄이 섞여 있다 한들 염동력으로 날아오는 헬기를 떨어뜨릴 수는 없었다. 콰앙! 펑!! 연속적인 폭발로 인해 WF의 병력이 있던 곳은 아수라장이 되고 말았다.

—오오, 과연 S급 랭커로군. 상당한 실력이야. 군침이 도는군.

스크린 속의 진가염이 말했다.

—하지만 우리는 이미 목적을 달성했네. 자아, 기자 여러분. 자네들은 헬필드 안에 있네. 그 말인즉슨, 자네들의 취재 기구는 이제 모조리 무용지물이 되었다는 것을 의미하지. 지금 열심히 마이크를 들이대고 있지만, 그런 건 전혀 녹음이 안 될 걸세.

진가염은 야수처럼 웃었다.

—그리고 이제 자네들은 아무런 증거도 남기지 못한 채 깨 끗하게 먹어치워질 걸세. 아무래도 일방적인 학살을 대중매체에 보여주긴 좀 그렇거든.

진가염과 선언과 동시에, 앞쪽의 차원 균열에서도 온갖 어보미네이션들이 튀어나오기 시작했다. 마치 어보미네이션 웨이브를 연상하게 만드는 엄청난 물량이었다.

"모두 물러나!"

최재철은 벼락처럼 외치며 앞으로 달려 나가 작은 블랙홀 하나를 생성해 앞으로 던졌다. 사람들을 빨아들이지 않기 위해 위력을 조절한 그 블랙홀은 중급 어보미네이션들까지는 문제없이 빨아들일 수 있었지만, 그 이상의 것들이 문제였다.

그것들을 처리한다 한들, 상황은 그렇게 간단히 끝날 것 같지는 않았다. 어보미네이션 웨이브의 끝에 거대한 인간 모습의 어보미네이션이 튀어나왔다.

인간 모습이라고는 하나, 팔은 넷이었고 머리는 둘, 다리 관절은 거꾸로 접혔고 허리 부분에는 척추가 노출되어 일곱 개의 관절로 굽혀지는 기괴한 모습이었다.

그 무엇보다 압도적인 것은 그 크기! 18m에 달하는 거체가 이족보행을 하는 광경은 그 자체만으로 장관이었으나, 그 자리에 있는 이들에게는 감탄할 만한 여유가 주어지지 않았다.

최재철은 그 어보미네이션의 모습을 보고 놀라 외쳤다.

"거신!"

최강의 어보미네이션 중 하나로 꼽히는 괴물로, 차원 세포의 주인들이 군주로 섬기는 위대한 존재였다. 물론 최재철이 상대했던 뱀 머리 사나이, 톨름도 차원 세포의 군주가 된 적이 있지만 그것과 이 거신은 비교조차 불허할 정도의 차이가 있다.

거신은 기본적으로 강한 근력과 차원력을 지니고, 생명력 또한 높아 심장을 찌르는 정도로는 죽지 않는다. 그것만으로도 버거운데, 여기에 높은 지능과 다양한 고유 능력을 갖고 있고 그 고유 능력이 개체마다 달라서 대항하기 매우 까다로운 어보미네이션이다.

아니, 상아탑에서는 어지간하면 대항할 생각하지 말고 바로 도망치라고 교육하는 상대였다. 피해 없이 처치하기 위한 '매뉴얼'이란 게 거신에게는 없었다. 어중간한 어벤저 부대는 오히려 거신에게 공략당할 것이다.

─모두 죽여라!

그 최강의 어보미네이션, 거신에게 진가엽이 명령했다. 그러자 놀랍게도 거신은 그 명령을 따를 것처럼 보였다.

[고오오오오오오오!!]

거신은 마치 이성 없는 마수처럼 포효했다. 그 거신을 향해 최재철이 날았다.

"다른 놈들은 너희가 알아서 처리해!"

여기에서 거신을 상대할 수 있는 건 최재철이 아는 한 오직 자신뿐이었다. 아니, 최재철조차도 피해 없이 거신을 처치할 수 있을 것이란 생각은 버려야 했다.

펑!

거신의 눈앞에서 차원력이 폭발했다. 다른 스킬이나 아티팩트 등으로 변환되지 않은 순수한 차원력이 거신을 감쌌다. 말할 것도 없이 최재철이 일으킨 폭발이었다.

[끄어어어어어!!]

거신이 괴로운 듯 두 개의 손으로 자신의 머리를 감싸 쥐었다. 괴로워하는 거신에게 최재철이 외쳤다.

"이름 있는 군주여야 할 그대가 타자의 명령을 받다니, 그게 무슨 일이오!"

[크어윽……! 내가… 어떻게 된 거였지?]

거신은 정신을 차리려는 듯 두 개의 머리를 뒤흔들며 물었다. 방금 전에 최재철이 터뜨린 차원력 폭발로 인해 진가염의 정신 지배가 성공적으로 풀린 모양이었다.

그러나 다음 순간, 거신의 거체가 세로로 쩍 갈라졌다. 반으로 나뉜 거체 속에서 사람 그림자 하나가 튀어나왔다.

최재철은 크게 놀라 단념검을 꺼내 그 그림자를 베었다. 단념검의 위력은 출중해서 거신의 상반신을 쪼개 버렸지만 그 안에서 나온 그림자에게는 아무런 영향을 끼치지 못했다.

"미친!"

최재철은 대경해서 물러났다. 그림자의 정체에 대해 알았기 때문이었다. 그것은 파멸철로 만들어진 풀 플레이트 아머를 입은 진가염이었다. 파멸철로 온몸을 뒤덮었으니, 단념검의 원격 베기에도 전혀 영향을 받지 않아 무사할 수 있었던 것이었다.

"뒈져라, 에스파다 도 오르덴!!"

진가염이 외치며 파멸철로 만든 검으로 최재철을 찌르려 들었다. 최재철은 단념검을 들어서 그 일격을 막았다. 단념검은 그 일격을 제대로 받아내지 못하고 종잇장처럼 찢겨 나갔다.

파멸철에는 어벤저 스킬이 통하지 않으니 순수한 강재의 강도로만 승부해야 했는데, 청동으로 만든 단념검은 파멸철 검보다 그 강도가 낮았다.

"큭! 이게 얼마나 비싼 건데!!"

최재철은 혀를 차며 망가진 단념검을 차원 금고 안에 집어넣었다.

"그게 네 목숨 값보다 비쌀까?"

진가염은 비웃으며 다시 한 번 파멸철 검을 휘둘러 왔다. 최재철은 한숨을 내쉬며 차원 금고 안에서 다른 물건을 꺼내 들었다.

카앙! 진가염의 검격은 이번에도 막혔다. 그러나 이번에는 그 물건이 파멸철 검에 의해 손상되거나 하지는 않았다. 오히려 이번에는 그 반대였다. 파멸철 검이 구부러졌다.

"뭐야?!"

이번에는 진가염이 경악할 차례였다. 최재철이 꺼내든 물건의 정체를 알았기 때문이었다. 그건 아티팩트도 아무것도 아니었다. 그건 볼링공만 한 파멸철 덩어리였다. 최재철은 그 가공되지도 않은 덩어리를 휘둘러 진가염의 머리를 내려찍었다. 꽝!

"끄악!"

진가염은 최재철의 공격을 막지 못하고 그대로 지상으로 낙하했다. 쿵! 진가염이 처박히며 지면에는 작은 크레이터가 생겼다.

"넌 진가염 본인이냐? 아니면 스페셜 에디션 클론이냐? 등록 코드가 다른 걸로 보아 양산형 클론은 아닌 것 같은데."

최재철은 지면에 착지하며 크레이터에서 기어 나오고 있는 진가염에게 물었다. 진가염이 죽기는커녕 별로 다치지 않은 모습에도 놀랄 건 없었다. 그가 입고 있는 물건은 그 정도의 물건이었으니.

―그건 스페셜 에디션일세, 에스파다 도 오르덴 공.

"공?"

―그래, 에스파다 도 오르덴 공. 자이언트 어보미네이션에게 건 세뇌를 풀다니 대단하군. 그 능력에 경의를 표하는 의미에서 지금이라도 항복하면 자네에게도 공작위를 수여하지.

대답은 스크린 쪽에서 들렸다.

아무래도 WF는 거신에게 자이언트 어보미네이션이라는 이름을 붙인 모양이었다. 좀 지나치게 길다는 생각은 들었지만,

그거야 최재철이 상관할 바는 아니었다.

진가염의 말에 최재철은 픽 웃었다.

"공작위? 날 웃기려고 하는 소린가?"

─설마! 대한제국과 남한왕국은 공을 세운 어벤저들 모두에게 귀족 작위를 수여할 생각이라네, 에스파다 도 오르덴. 자네라면 황제 폐하께서도 환영하실 거야.

"대한제국, 남한왕국! 요 근래 내가 살아오면서 들은 농담 중 두 번째로 재미있는 농담이야."

─실례가 안 된다면 첫 번째로 재미있는 농담이 뭔지 묻고 싶네만, 나중으로 미루지.

막 되살아난 거신의 거체가 다시 한 번 쪼개졌다. 파멸철 풀 플레이트 아머를 입은 진가염의 스페셜 에디션 클론이 한 짓이었다. 지금 막 크레이터에서 기어 나온 개체가 한 짓이 아니라, 새로 나타난 개체가 한 짓이었다.

거신은 본래 이렇게 쉽게 처치당할 어보미네이션이 아니지만, 이들은 이 개체의 특성에 대해 전부 다 파악한 데다 기습까지 했다. 그것만 갖고 할 수 있는 일은 아니다. S급의 신체 강화 능력과 베기에 특화된 신체 개조, 물리력을 증폭시키는 종류의 어벤저 스킬이 갖춰져야 비로소 가능한 일이었다.

최재철의 앞에 나타난 이 두 개체의 클론은 모두 그 능력들을 갖추고 있다고 보는 게 온당할 것이다. …아니, 두 개체가 아니었다.

"자네의 뇌를 꺼내다가 분석해서 그 답을 직접 찾아보는 게 더 빠를 것 같으니 말이야."

또 다른 개체가 말했다. 즉, 스페셜 에디션 클론은 모두 세 마리였다. 모두 파멸철 풀 플레이트 아머와 파멸철 검으로 무장한 초호화 사양이었다.

"…돈도 많군!"

"그게 우리의 장점이지."

막 크레이터에서 기어 나온 개체가 대답했다. 이전에 상대한 바 있는 클론도 갖고 있던 초재생 능력을 갖고 있는지, 방금 전에 최재철의 일격으로 인해 분명 타격을 입었을 텐데도 지금은 멀쩡했다.

"상대하는 데 애 좀 먹겠군."

최재철은 쯧, 하고 혀를 찼다. 하나하나를 상대하는 건 별 문제가 아니지만, 셋을 동시에 상대하라면 역시 다소 버거운 점이 있었다.

이전에는 만단검으로 비교적 쉽게 처리했지만, 그 만단검까지 기습으로 잃은 데다 어차피 파멸철 풀 플레이트 아머 때문에 같은 방법으로 처치할 수는 없었다.

결국 저들을 처치하려면 저들이 재생에 필요한 차원력을 모두 소진할 때까지 계속 패서 눕히는 수밖에 없다. 생각만

해도 신물이 나오는 작업이 될 터였다.

"죽어라, 에스파다 도 오르덴!"

혀를 차는 최재철의 속내를 아는지 모르는지, 세 진가염 클론은 파멸철 검을 세우고 달려들었다.

"하아아압!"

그런데 기합성과 함께 사람 그림자 하나가 휙 날아와 가장 앞에서 달려오고 있던 클론 한 머리의 머리를 퍽 걷어차 거신의 시체 쪽으로 날려 버렸다. 이지희였다.

"여긴 저희한테 맡기시죠, 스승님."

이지희는 자신만만한 목소리로 말했다. 어느새 잔챙이들은 다 처리한 듯, 상급 어보미네이션들의 시체가 주변을 나뒹굴고 있었다.

"어디서, 이 버러지가!"

다른 클론이 격앙된 목소리로 외치며 이지희에게 달려들었다. 그러나 그 검은 이지희에게 닿지 않았다.

"버러지는 너고, 이 새끼야."

그런 거친 소릴 한 건 예상 외로 현오준이었다. 그의 일격에 의해 막 달려든 진가염 클론도 조금 전의 개체와 마찬가지로 거신의 시체까지 날아가 처박혔다.

"저기, 현오준 사장님, 가능하다면 저놈들이 들고 있는 칼 한 자루만 빼앗아다 주시면 안 됩니까? 저거 탐나는데."

유구언 팀장도 이쪽으로 뚜벅뚜벅 걸어오며 그런 소릴 했다.

"노력해 보죠."

현오준이 전투태세를 취하며 대꾸했다.

자신의 부하들이 멋대로 나서는 걸 보며, 최재철은 잠깐 뒷머리를 긁었다. 하지만 결정은 곧 내려졌다. 최재철은 이지희에게 자신이 들고 있던 파멸철 덩어리를 내밀었다.

"지희야, 이거 너 써라."

"감사합니다, 스승님."

이지희가 파멸철 덩어리를 받아들자, 최재철은 고개를 끄덕였다.

"그럼 나 먼저 간다?"

"그러시죠."

현오준이 대답했다.

"죽지 마쇼, 캡틴!"

"누가 할 소릴."

유구언의 말에 최재철은 픽 웃었다.

"어디서 멋대로!"

앞으로 저벅저벅 걸어가는 최재철의 앞을 마지막 클론 한 마리가 막아섰다.

그 클론의 머리에 파멸철 덩어리가 끔찍하게 처박혔다. 그

오른팔은 순식간에 접근한 현오준에 의해 거꾸로 꺾이고, 오른손에 들고 있던 파멸철 검이 지면에 떨어졌다. 그 검을 집어 든 유구언이 클론의 허리를 퍽 베었다. 파멸철 갑옷이 찢어지고 거기서 피가 확 튀었다.

"제자들의 성장이 괄목할 만하군."

최재철은 만족스러운 듯 말했다. 더 이상 그를 막아설 상대가 없었다. 마침 지금 막 되살아난 거신이 자신의 몸이 처박혀 있던 클론 두 마리를 땅에다 집어던지고 화풀이라도 하듯 쾅쾅 밟아대고 있었다.

그 거신을 뛰어넘으며 최재철은 외쳤다.

"마지막 목숨을 아끼시오! 이들은 당신의 약점을 알고 있소!!"

[그렇군! 이 은혜는 어떤 방식으로든 갚을 기회를 찾아보도록 하지!]

거신이 대답했다. 생각 외로 우호적인 반응이었다.

"그 균열을 닫고 돌아가시면 빚을 다 받은 것으로 하겠소!"

[알겠다!!]

거신은 자신이 나왔던 차원 균열로 돌아갔다. 그가 자신이 말한 대로 차원 균열을 닫을 수 있을지 어떨지는 모르지만, 그런 건 지금 고민할 것이 아니었다.

청와대쪽에서 WF 측의 어벤저들이 개미 떼처럼 쏟아져 나오고 있었다. 거신의 세뇌가 풀리고 클론들조차 에스파다 도 오르덴을 막지 못하자, 진가염이 이번에는 물량 작전으로 나 오기로 한 모양이었다.

물론 그것은 하책 중의 하책이었다.

"꿇어라!!"

최재철이 적들이 잔뜩 몰려오는 통로에다 중력 증가 스킬 을 걸어버리니, 신체 강화 능력이 부족한 놈들은 그 자리에 엎 어져 버렸다. 반면 그럭저럭 괜찮은 능력을 가진 자들은 한쪽 무릎을 꿇으며 저항했지만, 그 상태로 전투를 행할 수 있을 리 없었다.

나름 실력이 있는 자들은 중력 지대를 빠져나오고 있었지 만, 소수였다. 그 시점에서 이미 물량 작전은 의미를 잃었다. 최재철은 그 나름 실력자들을 한 놈 한 놈 주먹으로 상대해 쓰러뜨리고 중력 지대에 도로 집어던져 처박아 버렸다.

"이들에게는 스킬을 제대로 부여하지 않은 모양이로군!"

최재철은 그렇게 빈정거렸다.

방금 그가 사용한 전술은 변수가 많은 어벤저 간의 전투에 서 실력 격차가 큰 다수의 상대를 제압하기에 괜찮은 수단이 다.

신체 강화 능력은 일정 수준 이상 단련하기 힘든 능력이다. 최재철이 깐 중력 지대를 빠져나올 정도면 더 강한 상대에게 피해를 입힐 수 있는 신체 강화 능력 이외의 변수에 해당하는 스킬이 그리 강력하지 않을 가능성이 높았다. 그래서 이렇게 쉽게 제압이 가능했던 것이다.

이미 이계에서 어벤저 간의 내전을 체험한 최재철의 경험에서 우러난 전술이라 할 수 있었다.

최재철은 차원 금고에서 만관검을 꺼내들어 청와대 본관 건물 벽에다 쾅하고 구멍을 뚫어버렸다.

"청와대를 점령하면 우리의 승리다!"

태생이 무력 쿠데타다. 중요 건물조차 방어하지 못하는 쿠데타 세력이 어떻게 성공을 자축할 수 있을까. 그리고 청와대라는 건물은 어쨌든 이 나라에서 가장 중요한 건물이다. 자칭 대한제국이 이 건물을 점령당한다면 더 이상 제국이라 자칭할 수 없을 터였다.

그러니 여기에 진가염이나 진가규가 있든 없든, 그런 건 별로 상관할 바가 아니었다. 여길 지키고 있으면 언젠가 찾아올 테니.

"물론 여기에 있어주는 게 내게는 더 고맙겠지만!"

벽을 뚫고 들어간 건물 안은 텅 비어 있었고, 아무도 없었다. 그러나 최재철은 지하에 자리 잡은 여러 차원력 덩어리들의 존재를 이미 확인했다. 철근 콘크리트로 만들어진 벙커 정도로 최재철의 지각 능력에서 벗어날 수는 없다.

"하아아아압!!"

최재철은 차원력 덩어리들을 향해 만관검을 찔렀다. 쿵쿵쿵쿵쿵! 벙커 버스터가 두세 발쯤은 투하되더라도 충분히 버틸 벙커가 두부처럼 뚫렸다. 아무래도 이 벙커에까지 파멸철을 바를 시간적 여유는 없었던 모양이었다.

적들은 만관검의 일격을 피한 듯, 차원력 덩어리들은 멀쩡했다. 애초에 맞으리라고 예상한 적도 없었다.

최재철은 자신이 낸 구멍을 향해 휙 뛰어내렸다. 중력이 그의 몸을 끌어당겼다. 자유낙하 하던 그는 갑자기 몸을 확 틀었다. 그의 어깨가 있던 자리에 굵은 열선이 스치고 지나갔다. 그대로 맞았더라면 상반신이 깨끗하게 날아가 버릴 위력의 열선이었다.

"홍!"

최재철은 차원 금고에서 방패 하나를 꺼냈다. 다음 열선이 그를 노리고 날아왔다. 최재철은 방패로 그 열선을 막았다. 그러자 열선은 그 방패에 부딪혀 온 방향으로 되돌아갔다.

"끄악!!"

아래쪽에서 비명이 들렸다. 열선을 쏜 적 어벤저가 되돌아간 자신의 공격에 맞아 피해를 입은 모양이었다. 최재철이 방금 꺼낸 방패는 페르세우스의 가죽 방패라는 이름의 어벤저 스킬을 반사하는 기능을 가진 아티팩트였다.

최재철은 만관검을 두세 번 더 찔러 적들을 향해 공격을 퍼부었다. 착지 시점에서 한꺼번에 공격을 가해오면 아무리 그라 한들 위험할 수 있었기 때문에, 혼란을 주려는 목적이었다.

지면에 착지하자마자 최재철은 데굴데굴 굴러서 적들의 위치를 확인했다. 헬필드에 의해 조명 시설들이 모조리 무용지물이 되어 주변은 어두웠으나 그가 사물을 보는 데 빛은 별로 필요 없었다.

기습하려는 듯 슬금슬금 접근하려는 그림자가 있었다. 최재철은 곧장 적을 향해 몸을 던져 방패로 후려쳤다. 기습하려던 것이 도리어 기습당한 형국이 되어버린 적은 기겁해서 후방으로 점멸을 사용해 빠졌다. 거리를 두려는 목적이었겠지만 별로 좋은 판단은 아니었다. 최재철의 만관검은 근접 무기가 아니었기 때문이다.

"끄아아아악!"

결국 적은 만관검에 의해 하반신을 전부 잃는 피해를 입고 말았다. 완전히 전투 불능 상태가 된 적을 향해 최재철은 저벅저벅 걸어갔다.

"여긴 너 하나뿐인가? 진가염과 진가규는 어디 있지?"

적은 최재철의 질문에 대답하는 대신 어금니를 꽉 깨물었다. 그러자 그의 머리가 그 자리에서 펑 터졌다. 자폭한 것이다. S급의 실력자임에도 소모품처럼 목숨을 잃었다.

"이 새끼들은 무슨 일제강점기 때 놈들인가? 대한제국, 대한제국 해놓고."

최재철은 이를 득득 갈면서 다른 차원력 덩어리를 찾아 달리기 시작했다. 최재철이 있는 장소에서 멀어지고 있는 것으로 보아, 지금 죽인 놈은 시간 벌이용으로 놔두고 다른 놈들은 도망가는 것 같았다.

"이놈들……!"

최재철은 도망가는 놈들을 향해 만관검을 치켜들었다. 그러나 그 직후, 그는 뒤로 뛰었다. 그가 서 있던 자리에 날카로운 검광이 빛났다.

"컥……!"

칼끝이 최재철의 목 피부를 자르고 스쳐 지나갔다. 여전히 창왕의 가죽을 걸치고 있음에도 불구하고, 그 가죽조차 잘라낸 예리한 일격이었다. 부지불식간에 피가 배어났다.

'전혀 눈치채지 못했어!'

조금 전, 최재철이 뒤로 뛴 건 순전히 직감 때문이었다. 그가 가진 스킬들 중 무엇 하나 공격자의 존재를 감지해낸 게 없었다. 그만큼 적의 은신이 완벽했다.

"도망치는 놈들 쪽이 미끼였을 줄이야……!"

최재철은 적을 노려보았다. 기습이 무위로 돌아가자, 적은 모습을 드러내었다.

"내가 뭘 기다리고 있는지 궁금해했었지? 이제 정답을 알려주마."

진가염은 승리의 미소와 함께 말했다.

"너희 반란 세력이 청와대로 향해 올 것은 우리도 예상하던 바였다. 일반 시민이야 별 상관없다만, 어벤저들이 레지스탕스가 되어버리면 우리로서도 골치 아파지지. 그래서 우리는 일망타진을 계획했다!"

진가염의 반응으로 보아, 차원 균열이 닫힌 건 거신의 활약 덕분만은 아닌 것 같았다. 아마도 그가 차원 균열을 유지시키고 있던 보스 어보미네이션에게 자폭 명령이라도 내린 것이리라. 그 가설의 사실 여부는 별로 중요하지도 않았다.

중요한 건 진가염의 다음 수였다. 그리고 그는 곧 통신 장치를 꺼내들었다. 헬필드가 걷혔으므로 통신이 가능하게 된 것이다.

"이제 됐다! 폭격을 개시하라!!"

진가염은 자신의 입으로 다음 수가 뭔지 직접 알려주었다.

"폭격?"

"그래, 폭격이다! 지대지미사일과 모든 야포로 너희 반란 세력이 모여든 이 청와대 주변 일대를 일제히 폭격할 거다!"

진가염은 비릿하게 웃었다.

"네 그 사랑스러운 S급 랭커 염동력자 말인데, 우리 회사 헬기와 탱크들로는 도저히 상대가 안 되더군. 하지만 말이야, 과연 폭격에도 견딜 수 있을까?"

"못 견딜 테지."

염동력으로 만든 방어막으로 얼마나 버틸 수 있을까. 애초에 염동력은 방어막을 만들라고 있는 능력이 아니다. 그렇다고 오연화가 방어막을 치는 능력을 따로 익힌 것도 아니다. 현대병기로 집중적인 폭격을 당한다면, 아마도 5분도 채 버티지 못할 것이다.

"당연하지! 개미 한 마리 살아남지 못할 거다!! 초재생 능력을 갖춘 내 클론들과 나를 제외하고는 모두 다 죽을 거야! 넌 살아남을 수 있을지도 모르지만, 나한테 죽을 거고!!"

김인수의 대꾸가 만족스러웠는지, 진가염은 웃는 얼굴로 이죽거렸다.

"그래, 네 말이 맞아. 폭격이 정말로 이루어진다면 꽤 절망적일 거야."

최재철은 태연히 대꾸했다.

"뭐?"

최재철의 그런 대꾸에, 진가염은 어리둥절해했다. 그의 되물음에 대답하는 대신, 최재철은 자신이 쓰고 있는 가면을 건드렸다.

"성공한 모양이로군, 유곽희."

—아뇨, 아직 성공은 못 했는데요.

최재철이 쓰고 있는 철가면 속의 통신 장치에서 그런 대답이 들렸다.

—아직 도망친 진가엽을 잡지는 못했어요. 그래서 보고를 못 드렸는데.

"그거 클론이야."

—예? 아, 그렇군요. 그러고 보니 진가엽에게는 클론이 많았죠.

최재철의 말에 유곽희는 다소 놀랐지만, 곧 평정을 되찾고 보고를 계속했다.

—어쨌든 청와대로의 폭격 지시는 막았습니다. 대신이라고 하긴 좀 뭐 하지만, 대한민국 육군은 지금 휴전선 부근에 우글거리는 어보미네이션들을 열심히 타격하고 있을 거예요. 그러라고 지시했거든요.

"그래, 잘 했다."

최재철은 유곽희를 치하했다.

"유곽희? 무슨 짓을 한 거지?!"

통신 장치를 통해 들려온 유곽희의 목소리를 들은 건지, 진가엽이 분노하며 물었다.

"유곽희에게는 육군본부를 탈환하라고 명령해 두었어."

유곽희 대신 최재철이 대답해 주었다.

육군본부의 탈환은 유곽희 혼자서는 당연히 무리였겠지만, 최재철은 그녀에게 WF 소속이었던 어벤저들을 맡겼다. 아가임과 서필지만 해도 S급 랭커에, 추경준도 이미 S급 수준이었고 조상평 일파도 나름 강해져 있었다.

좀 넘치는 화력을 넘겨줬다고 생각했는데, 실제로는 별로 그렇지도 않았던 모양이었다. 하기야 육군본부는 진씨 일가에게 있어서도 전략적 중요성이 높은 거점이니, 저항이 거센 것도 납득은 갔다.

육군의 명령 체계 자체는 제대로 가동하고 있는 걸 보니, 유곽희는 그냥 무력으로 찍어 누른 게 아니라 회유당했던 육군 장성들을 유혹이라도 한 모양이었다.

아니라면 마지막 발악으로 뭐라도 했을 테니까. 계획보다 빨리 청와대 주변을 폭격한다든가. 그런 생각만 해도 아찔한 상황이 벌어질 수도 있었다.

하지만 그런 일은 일어나지 않았다. 유곽희가 제대로 일을 처리했다는 다른 무엇보다도 확실한 증거였다.

"아무리 우리 귀여운 S급 랭커 염동력자라고 해도 미사일 폭격은 견딜 수 없을 테니, 미리 대비를 했지. 그녀가 육군본부 점령에 성공할지, 실패할지는 알 수 없었지만, 아무래도 너희가 투입한 병력보다는 우리가 투입한 병력이 우세했나 보군."

상황이 어떻게 돌아가고 있는 건지 파악한 진가염은 입을 꾹 다물고 부들부들 떨었다. 그러고 있는 것도 길지만은 않았다.

"…상관없다!"

진가염은 포효하듯 외쳤다.

"지금 내가 지상으로 올라가 모조리 다 죽여 버리면 결과는 똑같아질 테니까!"

"똑똑하군."

최재철은 진가염을 비웃으며 머리 위에 차원 단절을 걸어버렸다. 그 차원 단절을 보며 이번에는 진가염이 최재철을 비웃었다.

"이걸 내가 못 찢을 거 같나?"

"아니, 찢을 수 있을 거라고 생각해."

최재철은 미니 블랙홀을 한 손에 틀어쥔 채 대꾸했다.

"찢을 여유가 있다면 말이야!"

진가염이 경악으로 인해 눈을 크게 떴다. 블랙홀이 방금 전과는 달리 강력한 중력을 발하며 진가염을 빨아들이기 시작했기 때문이었다.

"아까는… 이 정도가 아니었는데!!"

"그야 아까 전 건 위력을 조절했기 때문이지."

손 위의 블랙홀을 진가염을 향해 던지며 최재철이 말했다.

"머리 위에 차원 단절도 안 걸고 블랙홀을 쓰면 지반이 무너져 내릴 거 아니냐."

"이 정도로 날 죽일 수 있을 거라고 생각하지 마라!!"

진가염은 최재철이 던진 블랙홀을 향해 염동력을 집중하며 외쳤다. 역시 염동력도 사용할 수 있었던 건가, 하고 생각하지는 않았다.

"그래, 나도 그 블랙홀 하나 정도로 널 죽일 수 있을 거라고 생각하지는 않아."

최재철이라고 무한한 차원력을 갖고 있는 게 아니다. 블랙홀이라고는 하나 우주에 실존하는 그런 블랙홀을 만들어낼 수 있는 것도 아니고, 애초에 그런 걸 만들어 버리면 지구가 파괴되고 말 것이다. 낼 수 있는 위력에는 한계가 있다.

자신의 몸에다 괴물을 이식한, 진가염 같은 강력한 생물을 블랙홀 하나로 깨끗하게 제거할 수 있는 건 아니었다. 하지만 최재철이 가진 수는 블랙홀뿐만이 아니었다.

최재철은 블라디 공의 가시에 차원력을 밀어 넣었다. 푸른 빛이 가시에서 더욱 강하게 뿜어져 나오기 시작했다. 최재철은 블라드 공의 가시를 역수로 틀어쥐면서 진가염을 향해 달려 나갔다.

"무슨 짓을!"

"자기 몸에 괴물들을 이식한다, 생각해 볼 법하지. 그렇게 쉽게 강해질 방법이 더 있을까? 아니, 아마 없을 거야."

진가염은 천천히 자신을 향해 다가오는 블랙홀을 염동력으로 밀어내느라 바빴다. 최재철은 그렇게 거의 무방비 상태가 된 진가염의 등 쪽으로 돌아갔다.

"큭!"

틈새의 눈에서 이식한 촉수들에는 눈알이 달려 있기 때문에, 진가염은 자신의 등 뒤에서 최재철이 뭘 하는지 다 볼 수 있을 것이다. 최재철은 순간적으로 폭발적인 차원력을 블라디 공의 가시에 밀어 넣어 빛을 섬광 수준으로 올렸다.

"끄악!"

진가염의 입에서 비명이 터져 나왔다. 그 비명을 들으며 최재철은 미소 지었다. 그는 도박에서 이겼다. 지금 이 전투의 결과가 확정됐다.

"하지만 쉽게 강해진 만큼 부작용도 생각해야만 하지!"

흡혈귀의 약점을 극복했다고 진가염 본인은 공언했지만, 그런 건 불가능하다. 세상에 완벽한 건 없다. 얻는 게 있으면 잃는 게 있고, 도박에 적게 걸면 적게 따는 게 당연하다.

블라디 공의 가시가 발하는 빛에 치명적인 피해를 입지 않은 건, 진가염이 '적게 걸었기' 때문이다. 단점을 적게 취하는 대신 장점을 적게 취했다. 안정성을 얻기 위해 그저 다른 괴물들의 인자를 섞어 넣어 묽게 만든 것에 불과하다. 그런 원리였다.

만관검의 관통 공격을 어둠과의 동화로 회피할 수 있음에도 굳이 회피행동을 취한 이유도 흡혈귀의 특성을 묽게 만들었기 때문이었다.

이것을 두고 '약점을 극복했다'고 말할 수는 없다. 그 증거로, 블라디 공의 가시가 발하는 빛을 섬광 수준으로 올리자 진가염의 등에 난 틈새의 눈의 촉수가 오그라드는 것을 들 수 있다.

원래는 흡혈귀의 소체가 아닌 틈새의 눈 부분이 저렇게 오그라든다는 것은 저 촉수 부분에도 흡혈귀의 인자가 얇게 펴발라져 있음을 뜻한다.

"그렇다면 죽일 수 있지!"

최재철은 5m를 점프해서 진가염의 거체 뒤에 들러붙었다. 진가염이 어떻게 저항하기도 전에 그의 뒷덜미에 블라디 공의 가시가 파고들었다. 그리고 그 부분은 명확하게 진가염의 '흡혈귀 부분'이었다.

"끄아아아아악!! 커어어어어어어억!!"

진가염의 비명이 인간의 그것에서 괴물의 그것으로 바뀌어 가고 있었다.

블라디 공의 가시가 뿜는 빛을 직접 삼켜 버리고 만 진가염의 머리 부분이 재가 되어 부스러지기 시작했다. 그리고 그 치명적인 손상은 진가염의 온몸으로 전이되어 퍼져 나갔다. 그의 전신 구석구석에 균열이 갔다. 흡혈귀의 성분으로 이루어진 혈관 부분일 것이다.

"끄루루루룩……!"

성대가 소멸해 가슴 부분에 난 큰 입으로 비명을 마저 질러대고 있었지만, 그것도 그리 오래 가지는 않을 것이다. 차원력을 상당히 잃은 데다 머리까지 잃어 사고 능력을 상실한 진가염은 더 이상 염동력을 마음먹은 대로 운용할 수 없을 테니까.

아니나 다를까, 그 염동력으로 틀어막고 있던 블랙홀이 진가염의 나머지 부분을 집어삼키기 시작했다.

"아긇, 그르룩, 라하크!"

언어로 표현되지 않는 기이한 단말마와 함께, 진가염의 거체는 블랙홀 속에 완전히 끌려들어 갔다. 최재철은 블랙홀을 힘껏 제어했다.

결국 그 자리에는 작은 검은 구슬 하나가 남았다. 이것이 진가염의 시체였다. 그 마지막 모습을 확인하고 나서야, 최재철은 그 자리에 주저앉았다.

"허억, 헉, 하아……!"

차원력의 소모가 지나치게 극심했다. 도박도 많이 했고. 도

박수 몇 개가 잘 통해서 망정이지, 만약 통하지 않았다면 위험해진 건 최재철 쪽이었으리라.

"이걸로 끝난 게 아니라는 게… 참!"

최재철은 이를 으드드득 갈았다. 힘이 잘 들어가지 않는 몸에 억지로 기운을 돌리고, 최재철은 비틀거리며 다시 일어났다.

진가염이 시간을 끌고 있던 게 폭격을 기다리느라 그랬던 건 아닐 것이다. 다른 뭔가가 또 있다. 여기서 쉬고 있을 새는 없었다.

더군다나 마지막으로 남은 적은 단 하나.

그가 이제껏 이 삶을 끈질기게 이어온 이유이자 최후의 목표였다.

"진가규!"

그는 그 이름을 입 밖에 내었다. 눈에 보이지 않는 불길이 그의 몸을 휘감는 것 같았다. 불가사의한 힘이 영혼의 근저에서부터 휘몰아쳐 올라 그의 몸을, 정신을 다시 일으켰다. 그 힘의 이름을 그는 아주 잘 알고 있었다.

복수심이었다.

그는 정체를 숨기느라 자신의 차원력을 계속 잡아먹고 있던 반지 운반자의 팔찌에서 차원력을 거두었다. 그러자 최재철로서, 에스파다 도 오르덴으로서의 그가 사라지고, 그 자리에는 김인수가 남았다.

김인수는 똑바로 섰다.

심호흡을 한 번 한 후, 그는 다시 달리기 시작했다.

그에게는 이제 마지막 전투만이 남아 있었다.

31장

진가규

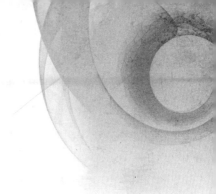

진가염이 누군가를 위해서 시간을 번다면, 그 누군가는 진가규일 수밖에 없었다. 그리고 지상의 차원 균열은 이미 닫혔음에도 불구하고, 지하에는 여전히 헬필드가 펼쳐져 있었다.

만약 진가염의 의도대로 일제 폭격이 이뤄졌다면, 저 지하 헬필드의 안쪽을 제외하곤 이 일대가 초토화되었으리라.

그렇다면 저 헬필드가 지키고 있는 대상은 진가규 외의 다른 존재일 수가 없었다.

청와대의 지하에 자리 잡은 헬필드는 점점 커지고 있었다. 이대로 내버려 두면 지상까지 다 침식할 것이다. 본래 헬필드라는 건 틈새 차원의 차원력이 흘러나온 영역이고, 그 농도가 지나치게 진해지면 지구에 영향을 끼쳐 차원의 성질을 영원히 변화시켜 버릴 위험성이 있었다.

이제까지는 그 정도 규모의 차원 균열이 열린 적이 없었지만, 김인수는 직감적으로 알아챘다. 지금 지하에 열리고 그 규모를 확대해 가는 차원 균열은 지구가 존재하는 차원에 절대 치유될 수 없는 상처를 남길 것이다.

"내 예상이 맞다면… 최대한 서둘러야 해!"

김인수의 예상대로라면 모든 게 다 이걸로 끝나 버릴 가능성이 있었다. 그것만큼은 피해야 했다. 그렇기에 김인수는 얼마 남지 않은 차원력을 태워가며 최대한 빨리 헬필드의 중심을 향해 나아갔다.

*　　　*　　　*

김인수는 목적지에 도달했다. 거대한 입을 쩌억 벌리고 선 차원 균열, 그리고 그 앞에 선 자는 김인수가 지구에 돌아와서 가장 보고 싶었던 자의 모습이었다.

"진가규!"

김인수는 원수의 이름을 외쳤다.

"응? 자넨 누군가? 여기엔 누구도 들어오지 말라고 말했을 텐데."

진가규는 김인수 쪽은 쳐다보지도 않은 채, 고개를 갸웃거리며 말했다.

"직급과 소속을 말하게."

그런 뻔뻔한 요구에, 김인수는 화를 내지도 않았다. 대신 그는 이렇게 말했다.

"널 황제라 부르지 않는 측의 인간이다."

"그래? 그렇다면 넌 내 적인가?"

"그렇다. 난 네 적이다."

"아, 그래?"

진가규는 허허 웃었다.

"그렇다면 축하하네. 자네 승리야."

"뭐?"

의외의 말에 김인수는 눈썹을 꿈틀거렸다. 진가규는 여전히 김인수 쪽을 보지 않았다.

"이번 세계에서의 승리를 자네에게 넘겨주겠다는 의미일세."

"이번 세계?"

"그래."

진가규는 김인수의 존재는 아랑곳하지 않고, 차원 균열을 올려다보며 말했다.

"이번 세계에서는 대한제국의 황제까지 해봤군. 이번에는 꽤 성공적이었어. 다음번이 아주 기대가 돼."

꿈이라도 꾸는 것 같은 표정으로, 진가규는 말했다.

"다음번에는 어디까지 할 수 있을까? 아시아 정도는 휘어잡을 수 있지 않을까? 아니, 꿈은 크게 가져야지. 다음은 세계 정복이라도 목표로 삼아볼까?"

분노가 김인수의 심장을 틀어쥐고 있었다. 그래서 그는 오히려 냉정할 수 있었다.

"이번이 몇 번째지?"

그 질문에 진가규는 비로소 김인수를 보았다.

"감이 좋군. 눈치도 빠르고. 마음에 들어."

진가규는 고개를 두 번 끄덕였다.

"자네는 누군가?"

"널 원수로 삼은 수많은 이 중 하나다."

"그래, 날 원수로 삼은 이는 많지."

크큭, 하고 진가규는 웃었다.

"하지만 여기까지 온 건 자네가 처음일세."

"그것 참 영광이로군."

김인수는 이를 으드득 갈았다.

"그렇게도 귀여워했던 손자도 버리고, 적장자조차 변이시켜서 방패로 삼았지. 이미 인간성은 훼손되어 회복할 수 없을 정도만큼은 반복해 왔겠군."

김인수는 진가규를 노려보았지만, 진가규는 그 시선을 태연히 받아넘기고 있었다.

"이번이 다섯 번째인가?"

"안타깝게 빗나갔군. 난 아직 네 번째일세. 다음이 다섯 번째가 되겠지."

김인수의 물음을 듣고 고개를 젓던 진가규는 문득 미소를 지었다.

"아니, 전생까지 합치면 다섯 번째가 맞나?"

그렇게 말하곤 김인수의 표정 변화를 지켜보던 진가규는 흥미로운 듯 박수를 두 번 쳤다.

"놀라지 않는군? 혹여나 자네는 현인인가?"

"복수자다."

"어벤저라."

진가규는 유쾌하게 웃었다.

"어쨌거나 자네는 여기까지 온 내 첫 원수일세. 자네와는 이야기를 나눌 만한 가치가 있을 것 같군. 어차피 이번 세계는 자네의 승리이니, 전리품으로 원하는 정보를 주도록 하지, 이것도 여흥일세."

"여흥이라."

김인수는 하하하, 하고 웃었다. 그러나 그 시선에는 살의가 도사렸다.

"나는 지금 당장에라도 네 목을 썰어 떨어뜨리고 싶은데."

"그것도 괜찮겠지."

진가규의 태도는 어디까지나 여유작작했다.

"내 목을 베어 떨구고, 그걸로 모든 게 끝이 날 테지. 어차피 이 세계에 나는 더 이상 미련이란 없네. 마음대로 하게."

진가규의 말에서 얻을 수 있는 정보는 두 가지.

진가규의 '회귀' 준비는 이미 끝났다. 그리고 그 트리거 중에는 '지금의' 진가규의 죽음도 포함되어 있었다.

그렇다면 지금 당장 진가규의 목을 베는 것은 피하는 것이 나았다.

"…왜 그런 어리석은 짓을 했지?"

"어리석은 짓?"

"왜 황제를 자칭했지?"

"이번에는 그게 목표였으니까. 그리고… 말하자면 전생의 목표이기도 했어. 그래, 일종의 집착이지. 자네 말대로 어리석은 짓이었을지도 모르겠군."

그런 진가규의 목소리에 자학이나 자조의 빛은 섞여 있지 않았다. 그저 목표를 달성했다는 만족감과 유쾌함만이 묻어 나오고 있었다.

"처음에는, 그러니까 전생의 기억을 떠올리기 전에는 입신양명이 목표였다네. 돈을 벌어서 자립하고 유명해지는 것."

세상의 평범한 젊은이들이 가진 평범한 꿈. 그것이 진가규의 첫 꿈이었다.

"전생의 기억을 떠올린 후에는 전생의 지식을 기반으로 입신양명에 성공했지. 뭐, 좀 꼼수를 쓰긴 했네만, 자네도 잘 알다시피 그 정도도 안 하고 성공할 수 있는 세상은 아니지 않은가?"

그렇게 진가규는 첫 꿈을 이뤘다. 거기까지 떠올린 진가규의 표정이 일그러졌다.

"하지만 말일세, 세상에는 개새끼들이 참 많더구먼. 돈과 권력의 힘으로 내가 만들어낸 것들을 날름 가져가 삼켜 버리려는 것들 말일세."

"너 같은 놈들 말이로군."

"그래! 나 같은 놈들!!"

김인수의 말에 진가규는 무릎을 탁 치며 웃었다.

"그래서 두 번째의 목표는 그놈들에게 복수하는 거였네. 하하하, 가장 통쾌했던 생이었네. 자신들이 무엇을 잘못했는지도 모르고 죽어나가는 놈들의 얼빠진 표정!"

자신의 복수심을 만족시키기 위해, '아직 잘못하지 않은 자'들을 진가규는 살해했다. 명백한 모순이고, 단순한 분풀이밖에 되지 않는 '악행'을 저질렀다.

거기서부터 진가규라는 인격이 일그러지기 시작한다.

아니, 그의 인격은 '전생의 지식과 기술'이라는 '꼼수'를 이용해 '입신양명'에 성공한 시점에서 이미 일그러졌다. 하지만 그때의 일그러짐은 아직 수선할 여지가 남은 반면, 두번째 생에서의 일그러짐으로 인해 그는 돌아올 수 없는 강을 건넌 셈이 되었다.

"내 힘과 기술로 그 놈들을 몰락시키는 것에는 성공했네만, 내 이름은 세상에 살인자이자 악당으로 기록되더군."

그야 살인과 악행을 저질렀으니, 당연한 귀결이었다. 하지만 그게 꽤나 불만스러웠는지, 진가규는 그때의 기억을 떠올리며 미간을 찌푸렸다.

"그래서 세 번째의 목표는 완전한 승리였네. 나는 입신양명에 성공하고, 나의 것을 빼앗으려는 자들을 몰락시키고, 나의 기업을 일으키고, 세상의 구원자가 되는 것에 성공했지."

구원자라는 단어에 김인수는 반응했다.

"구원자? 무엇으로부터 세상을 구했지?"

"어보미네이션, 차원 균열."

진가규는 날카롭게 웃었다.

"자네도 잘 알지 않나? 내가 세운 기업, WF가 무엇을 먹고 자라났는지."

어보미네이션의 시체, 어벤저들의 피, 민간인 희생자들의 죽음.

WF는 죽음을 먹고 자라났다.

"아, 물론 지난번의 지구에서 차원 균열을 처음 연 건 나일세. 어보미네이션들을 끌어낸 것도 나이고 말일세. 흠, 이번 지구도 마찬가지인 건 굳이 덧붙여 말할 필요가 없겠지."

자랑스레 떠벌리는 진가규의 그 발언을 듣고도, 김인수는 별로 소름이 돋거나, 전율이 느껴지지는 않았다.

예상한 바였기 때문이다. 김인수는 이미 이 진가규라는 인간에 대해 잘 알고 있었고, 그가 어떤 생각을 하고 선택을 했는지 대충 짐작을 했다.

그리고 그 짐작이 맞았을 뿐이다.

"세상은 내가 만들어낸 차원 균열 탓에 위기에 처하고, 나로 인해 그 위기에서 구원받았지. 뭐, 완전한 승리를 위해 그정도 연출은 필요한 법 아니겠는가?"

김인수는 동의하지 않았다. 진가규도 굳이 동의를 바란 건아닌 듯, 곧 다시 떠들기 시작했다.

"어쨌든, 구원자인 날 모두가 날 찬양했네! 하지만… 그 끝은 암살이었지. 날 질투한 끝에 배반하고 내 등에 칼을 꽂은 게야."

"누가?"

"내 아들!"

그 아들이란 물론 진가엽을 가리킨다. 지난 생의 일임에도 불구하고, 그때만 생각하면 다시 분노가 피어오르는 듯, 진가규의 목소리에는 은은한 노기가 깃들었다.

"그 녀석은 내가 늙지 않는 것에 불안을 느낀 모양이야. 그놈의 입장에서는 내가 얼른 늙어죽고 자기한테 모든 재산과 권력을 물려줘야 되는데, 그러질 않으니 자연사가 아닌 방식으로 날 치울 필요를 느낀 거겠지. 뭐, 지난 일이긴 하네만……."

거기까지 말하던 진가규는 뭔가 생각난 듯 갑자기 씨익 웃었다.

"내 생각에는 한고조도 나와 같은 경험을 하지 않았나 싶네."

"한나라의 초대 군주 말인가?"

"그래. 그가 한신을 죽이고 소하를 살려둔 이유가 무얼까, 나는 자주 생각했지. 이렇게 생각하면 간단하지 않은가? 한고조의 '지난 생'에서 한신은 배반했고 소하는 충성했겠지. 이것이 한신은 죽고 소하는 살아남은 이유일 걸세."

"내가 죽이지 않았어도 진가염을 숙청했을 거란 소린가?"

"그렇지."

진가규는 잔인하게 웃었다.

"이번 세계가 더 잘 풀렸다면 내가 내 손으로 직접 죽여야했을 테지만, 이번에는 자네가 수고해 주었군. 그건 고맙게 생각하네. 내 수고를 덜었어."

진가염은 죽어 마땅한 자였다. 많은 악행을 쌓아올렸고, 많은 사람을 죽음으로 몰아넣었다.

하지만 적어도 진가규에게 있어서 이번 세계의 진가염은 그를 끝까지 믿고 충성하며 지키려고 했다. 진가규는 그런 자신의 친자를 죽인 자에게, 수고를 덜어줘서 고맙다고 말했다.

세상의 법칙과 도덕률은 이미 안중에도 없는, 되돌릴 수 없이 일그러지고 망가진 인격. 지나간 세계와 이번 세계의 구별조차 하지 않는 모순 덩어리의 인식.

이미 구제의 여지가 없다. 앞으로 몇 번 회귀를 반복한들, 이 남자는 깨닫지 못할 것이다. 자신이 얼마나 망가졌는지. 애초에 망가졌다는 자각조차 못할 터였다.

김인수는 굳이 진가규의 잘못된 인식을 깨우치려 들지는 않았다. 그럴 이유도, 필요도 없었다.

"아직 네 전생에 대해 듣지 않았군."

대신 김인수는 말했다.

"넌 전생에 어떤 존재였지?"

"응? 하하, 새삼 말하려니 쑥스러운네. 시쳐에 비하자면 지나치게 왜소하고 미련한 존재랄. 하기야 뭐, 쑥스러움 따위를 논하기에는 이미 너무 멀리 와버렸군. 현세에 미련을 둘 필요가 없는 초월자가 그런 것들에 연연할 이유가 없지."

진가규는 헛기침을 한 번 한 후에나 대답했다.

"전생의 나는 사막의 제왕이라 자칭했네."

그 대답을 들은 김인수는 눈을 크게 떴다.

"실제로는 아무것도 아닌 그저 일개 부족을 이끄는 족장에 불과했네만, 야망만큼은 커서 황제가 되고 싶어 했지. 그래도 그때 차원 균열을 열고 계약마와 계약하는 법을 배운 덕에 지금의 내가 있는 거라네."

그 말을 들은 김인수는 유쾌해져 그 자리에서 '하하하' 웃음을 터뜨리고 말았다.

"왜 웃지?"

"아니, 우연이라는 게 웃겨서."

사막의 제왕.

그 이름은 김인수가 이계에 가서 처음 만난 도마뱀 무리의 족장이었다. 차원 균열을 여는 능력은 있지만 닫을 수는 없는 얼간이 같은 존재였다. 그 '특별한 능력'을 이용해 자신이 세계의 지배자가 될 수 있으리라는 터무니없는 망상을 품고 있는 존재이기도 했고.

차원 균열을 닫는 방법을 터득한 김인수를 노예로 부리게 되면서, 사막의 제왕은 자신의 능력의 제어권을 손에 넣었다. 그러자마자 그는 세상에 재앙을 퍼뜨리는 방식으로 본격적으로 야심을 드러내었다.

하지만 그 방법은 곧 주변인의 위기의식을 촉발시켰고, 결국 사막의 제왕은 가장 믿고 있던 참모에게 암살당해 죽고 말았다. 사막의 제왕을 죽인 후, 그 참모는 김인수를 차기 사막의 제왕으로 추대했다.

그 세력을 키워 어스름과 상아탑을 세우고, 그렇게 얻은 힘과 지식, 권력을 기반으로 김인수는 지구로 돌아올 수 있게 되었다. 이렇게 진가규에게 복수를 하러 말이다.

이 아이러니를 보고 어찌 웃지 않을 수 있으랴!

그런 김인수의 여정을 알 리 없는 진가규가 눈을 찡그리며 되물었다.

"우연?"

"사막의 제왕이라 자칭하는 얼간이를 죽인 적이 있거든."

김인수의 입은 웃고 있었지만, 눈은 날카롭게 빛났다.

"물론 그놈은 네가 아닐 테지. 그게 너라면 인과율에 모순이 생겨 버릴 테니까."

김인수를 이계로 보낸 것이 진가규 본인이니, 그 진가규의 전생인 사막의 제왕이 이계에 동일하게 존재하는 건 앞뒤가 맞지 않는다.

"그래, 난 네게 죽은 적은 없어."

진가규는 내심 불쾌한 듯 웃음기 없는 얼굴로 대꾸했다.

"아마도 우연히 같은 칭호를 사용한 놈이거나… 설령 그게 내 전생의 존재였다 하더라도 내가 떠난 다음 다시 누군가에 의해 반복된 세계의 존재였을 테지."

그렇게 중얼거리던 진가규는 문득 다시 김인수를 주시하며 물었다.

"하지만 인과율에 모순이라니, 그 발언은 좀 신경 쓰이는 군. 내가… 네게 뭘 했지?"

진가규는 자신이 김인수에게 무엇을 했는지 기억하지 못하는 듯했다. 자신의 손자를 위해, 아니, 손자도 아닌 그 친구를 위해 일가족의 양부모를 참살하고 형제들은 자살로 내몰거나 차원 균열로 던져 넣은 건 완전히 잊은 듯했다.

"내게 원한을 살 만한 일을 했지."

그렇게 말하곤, 김인수는 픽 웃었다.

"아니, 신경 꺼. 네가 원한을 산 인물이 어디 한둘이겠어? 그들 중에 여기까지 온 게 이번에는 나일뿐이야."

이제까지 진가규가 죽인 사람이 몇 명이나 될까? 말 그대로 수없이 많을 것이다. 손주의 친구라는, 타인이나 다름없는 이를 위한답시고 생판 모르는 일가족을 참살했으니, 같은 식으로 참살한 일가족은 그야말로 셀 수 없을 정도일 것이다.

김인수도 그 사람들의 원한까지 짊어질 생각은 없다. 그건 너무 무겁다. 짊어질 것은 그 자신의 원한으로 족했다. 그의 부모와 동생을 위한 복수를 하는 것만으로도 충분히 버거웠다.

"내가 처음이라고 했나?"

"그래, 여기까지 온 건 자네가 처음이야."

"그리고 내가 마지막이 되겠군."

대화를 하며 시간을 끄는 것도 여기까지다. 고갈되었던 차
원력은 차원 균열에서 뿜어져 나오는 풍부한 차원력으로 다
시 채웠다. 진가규를 죽이기 위한 최소한도의 자원은 드디어
마련되었다. 그렇다면 더 이상 복수심을 가라앉히기 위해 애
쓸 필요가 없다.

"죽어라, 진가규."

김인수는 선언했다.

                 *   *   *

진가규는 김인수의 선언에 코웃음을 쳤다.

"그래, 날 죽이게. 아까부터 말하지 않았는가? 자네의 복수
심을 충족시키게."

진가규에게 있어서 죽음이란 별로 큰 의미를 갖지 못하는
'상태 변화'였다. 그것은 수면 상태와 그리 다르지 않았다. 눈
을 뜨면 시간을 거슬러 올라가 다시 처음부터 시작해야 하는,
조금은 성가시지만 지금은 바라마지 않는 차이가 있을 뿐.

그러나 진가규의 표정은 곧 굳었다.

눈앞의 남자가 빼어든 검. 그 검에서 정체를 알 수 없는 기이한 불안감이 느껴졌다.

아니, 불안감을 조장하는 건 그 검만은 아니었다.

눈앞의 남자로부터 피어오르는, 이제까지 본 적도 없는 기운.

자신을 향한 것이 명확한 살의.

그리고 마치 지금 이 순간만을 기다렸다는 듯 남자의 얼굴에 떠오른 회심의 미소.

남자는 회귀에 대해 알고 있다. 이미 진가규는 죽여도 죽지 않는 존재가 되었음 또한 알고 있다. 지금까지의 대화를 통해 그런 사실은 이미 서로 눈치채고 있을 터였다. 그래서 진가규도 자신을 죽이라고 남자를 조롱하고 있었고, 그럼에도 불구하고 남자는 칼을 뽑지 않았다.

하지만 지금은 다르다.

남자는 칼을 뽑았다. 그 행동만으로도 진가규는 불안을 느꼈다.

전혀 의미가 없을 그 행동을 하필 지금에 와서 한 이유가 무엇일까.

혹시나.

'의미가 있는 건가?'

그렇게 생각하지 않을 수가 없었다.

'날 죽일 방법이라도 있는 건가?'

죽여도 죽지 않는, 다시 살아나는 남자인 진가규를 '완전히' 죽일 방법이 혹시나 이 남자에게는 있는 건가? 진가규는 그렇게 의심하지 않을 수 없었다.

'모르는 건… 확인해야지!'

진가규는 열려진 차원 균열로부터 자이언트 어보미네이션 하나를 꺼내었다.

진가염의 어보미네이션 지배 능력과 달리, 진가규가 창조해 낸 이 어보미네이션은 눈앞의 남자가 특기로 하는 어벤저 스킬 무효화로도 지배가 풀리지 않는다. 보통 피조물은 창조자에게 무조건적으로 충성하게 마련이니까.

"죽여라."

진가규의 명령에 따라 자이언트 어보미네이션은 눈앞의 남자에게 살의를 드러내었다. 남자는 자이언트 어보미네이션을 힐끗 보더니, 훌쩍 뛰어올라 그 심장에 검을 꽂았다.

[끄억!]

심장을 꿰뚫린 자이언트 어보미네이션은 단말마를 지르더니, 그 자리에 쓰러져 죽었다.

되살아나지 않았다.

일반적으로 어보미네이션은 목숨이 세 개이게 마련이다. 지금 죽은 자이언트 어보미네이션이라 한들 예외일 리는 없었다.

틈새 차원에 분포한 막대한 차원력의 축복을 받아 태어난 이차원 생명체가 지닌 선천적이고 공통적인 특질. 이 특질이 정상적으로 작동하는 한, 어보미네이션은 설령 세포 하나하나가 가루가 된다 한들 반드시 다시 살아난다.

그런데 눈앞의 남자에게 심장을 찔린 자이언트 어보미네이션은 이 물리법칙을 무시하고 우선적으로 작동하는 어보미네이션의 특질을 발휘하지 못하고 그냥 바로 죽었다.

이 현상이 가리키는 바는 오직 하나뿐이었다.

눈앞의 남자는 '완벽하게 죽이는' 능력을 갖고 있다.

진가규는 막연하게 느껴진 불안이 현실화되었음을 알았다.

그의 '시간을 거슬러 올라가 되살아나는' 능력은 어보미네이션이 가진 세 개의 목숨과 동일한 원리로 작동한다. 어보미네이션이 어벤저는 아니지만, 자원을 차원력으로 한다는 점에서 어벤저 스킬과 다를 바가 없다. 진가규의 것이 훨씬 복잡하고 특별하지만, 결국 성질은 같다.

눈앞에서 벌어진 현상이 가리키는 바는 실로 단순하다. 만약 이 남자에게 참살당한다면, 조금 전에 살해당한 자이언트 어보미네이션과 마찬가지로 진가규도 '회귀'하지 못하고 바로 죽어버릴 수 있다는 의미다.

손에 식은땀이 배어나왔다. 손끝이 떨리기 시작했다. 이렇게 긴장한 것이 얼마만이더라. 진가규는 쉽사리 떠올리지 못했다. 적어도 '이번 생'에서 그가 긴장 따위를 할 일은 없었다. 그런 의미에서는 '태어나서 처음'이었다.

"…넌, …뭐야?"

목소리가 떨리고 있었다. 진가규는 그 사실을 인정하고 싶지 않았다. 자신의 목에서 새어 나간 목소리가 떨리고 있다니, 쉽게 상상하기 어려운 일이다. 하물며 상상도 아니라 현실이라니!

"복수자."

눈앞의 남자는 이를 드러내며 웃었다.

진가규에게는 남자의 드러난 이가 야수의 그것처럼 보였다.

"말했을 텐데?"

진가규는 이미 여유를 잃었다. 그는 히스테릭하게 외쳤다.

"이름을! …말하라!!"

"사냥을 할 때는 마지막 순간까지 주의해야 한다, 고 가르침을 받았지."

눈앞의 남자는 진가규의 질문과는 전혀 상관없는 대답을 했다.

"혹시라도 만약 내가 널 놓치고 '회귀'를 '허용'한다면, 넌 '다음 세계'의 날 찾아 죽일 테지. 그 가능성을 없애기 위해서라도, 난 네게 이름을 말해주지 않겠다."

혹시라도. 만약. 눈앞의 남자는 그런 단어를 썼다. 그것은 진가규에게는 희망이었으나, 희망이란 걸 느끼는 것 자체가 진가규에게 있어서는 굴욕적이었다. 그만큼 지금 상황이 절망적이라는 뜻밖에 안 되니까.

"…아니."

진가규는 고개를 저었다.

"혹시나 만약 같은 단어를 쓸 필요는 없다, 나의 적이여."

목숨을 걸고 맞서 싸운다, 는 행위를 마지막으로 한 것이 언제일까. 진가규는 첫 생에서조차 그럴 필요가 없었다. 거슬러 올라가자면 전생의, 사막의 제왕 시절까지 가야 한다.

그렇기에 잊고 있었다. 아주 단순하고 확실한 방법을.

"내가 널 죽이면, 넌 더 이상 날 죽이지 못하게 될 테니까."

진가규는 투쟁심을 드러내었다.

"그래, 그러면 돼."

눈앞의 남자는 잔인한 미소를 지었다. 원래대로라면 진가규가 지어야 할 미소를, 지금은 그가 짓고 있다.

아무런 준비 동작 없이, 남자의 몸이 진가규를 향해 날아왔다.

전투의 시작이다.

*　　　*　　　*

진가규는 눈앞에서 어보미네이션, 틈새의 눈을 만들어내 김인수의 공격을 막아내었다. 김인수는 '완전히 죽이는 검', 신살검을 거둬들이고 염동력으로 틈새의 눈의 촉수들을 다 뽑아내 죽지 않도록 치워놓았다.

신살검은 다 좋지만 한 번 휘두를 때마다 막대한 차원력을 소모한다. 김인수라 한들 앞으로 두 번 휘두르는 정도가 한계다. 그래서 진가규에게 이런 신살검의 약점을 드러내는 것을 감수하고서라도 틈새의 눈은 다른 방법으로 치울 수밖에 없었다.

그러자 이번에는 거신이 허공에서 갑자기 나타났다.

"저자를 죽여라!"

[크구거거거거거거!!]

진가규의 명령을 받은 거신이 이성을 잃은 채 김인수를 향해 거대한 네 개의 팔을 휘둘러 댔다. 최상급 어보미네이션인 거신을 이렇게 쉽게 불러내는 걸 보면 진가규도 어중간한 상대는 아니었다.

'그건 그렇고, 이 능력은 골치 아프군.'

거신의 공격을 피해내며 김인수는 혀를 찼다.

즉석에서 어보미네이션을 만들어내는 진가규의 능력은 아무래도 신살검과는 상성이 좋지 않았다. 진가규를 죽이기 위해서는 벽처럼 막아선 어보미네이션들을 치워야 하는데, 주 무기를 사용하지 않은 채로 쓸어버려야 하니 애를 먹게 된다.

'어보미네이션 창조라.'

어보미네이션 창조는 아무나 사용할 수 있는 능력은 아니다. 최하급이나 하급 계약마를 통한 계약으로 얻는 건 턱도 없고, 차원 세포 관리자 정도는 되는 상대와 거래해야 얻을 수 있는 능력이다.

차원 세포 관리자와의 거래는 계약할 때 얻은 고유 능력보다도 강한 능력을 얻는 정말 몇 안 되는 수단이다. 이 수단을 활용하려면 최소한 차원 세포 서넛 정도를 차지한 군주는 되어야 한다. 김인수는 이렇게 얻는 능력을 군주 능력이라고 불렀다.

즉, 명백히 군주 능력에 속하는 어보미네이션 창조 스킬을 들고 있는 진가규는 최소한 중급 군주급 능력을 갖고 있다는 소리가 된다. 그렇다면 당연히 아티팩트도 들고 있을 거고, 여타 군주 능력을 소지하고 있을 가능성도 염두에 둬야 했다.

'시간을 좀 더 끌 걸 그랬나?'

김인수는 회복된 차원력의 양을 가늠하며 순간적으로 약한 생각을 했지만, 금방 픽 웃고 잊어버렸다. 하기야 여기까지 와서 이 정도도 예상 못 한 건 아니다. 진가염도 거신과 합체한 상태에서 아티팩트 4개를 들고 싸웠다. 진가규는 그보다 더 강하다고 생각하는 게 당연했다.

"죽여라, 죽여!"

진가규가 거신 뒤에서 발개진 얼굴로 그렇게 외치고 있었다. 주인인 진가규가 그냥 죽이라고만 하니 거신은 다양한 차원 능력을 갖고 있다는 자신의 이점을 별로 못 살리고 그냥 육탄 공격만 감행하고 있었다. 좀 더 전투에 익숙하다면 저런 식으로 지휘하진 않을 텐데. 김인수에게는 다행히도 진가규는 직접 실전에 나서본 일이 별로 없는 모양이었다.

[크구가가가가각!!]

거신이 진가규의 명령에 따라 재차 공격을 가해왔다. 그걸 보며 김인수는 한 번 씨익 웃고 말했다.

"군주 능력은 너만 갖고 있는 게 아니라고!"

"군주, 뭐?"

김인수는 진가규의 되물음에 대꾸하지 않았다. 대신 그의 머리에 쓴 금빛 관이 반짝 빛났다.

아티팩트, 솔로몬의 관. 어보미네이션을 지배하는 능력을 부여해 준다. 다른 아티팩트와 달리 왕이 자신의 본 모습, 즉 김인수의 경우는 김인수 본인의 모습을 드러냈을 때만 사용할 수 있다. 그리고 왕보다 더 강한 어보미네이션은 지배할 수 없으며, 동시에 지배할 수 있는 개체수에 한계가 있는 게 약점이지만, 덕지덕지 붙어 있는 조건만 만족시키면 절대적인 위력을 발휘한다.

그 어보미네이션의 창조자조차도 지배권을 되찾을 수 없을 정도로.

[크구그… 으으으으……!]

"뭐야, 왜 이래?"

거신이 더 이상 김인수를 공격하지 않고 오히려 그에게 복종이라도 하듯 무릎을 꿇자, 진가규는 당황하며 말했다.

"네 전력을 다해 저자를 제압하라."

김인수의 명령을 받은 거신이 다시 일어나 진가규 쪽을 바라보았다. 거신의 염동력이 진가규를 습격했다.

"멍청한 놈!"

진가규는 진노하며 외쳤다. 그러자 거신이 그 자리에서 사라져 버렸다.

"그렇군. 어보미네이션 창조가 가능한 만큼, 소멸도 시킬 수 있는 건가. 사막의 제왕 시절보다는 나은 모양이로군."

김인수는 흥미로운 듯 말했다.

"하지만 이제 내 앞을 가로막는 방해물은 없어졌어."

신살검이 살의를 머금었다.

"이노오오오옴!!"

진가규가 노호성을 토해내었다. 그와 동시에 쿠구구구궁 하는 지축을 울리는 소리와 동시에 지면이 벽처럼 솟아올랐다.

"후."

김인수는 짧게 웃고 만관검을 꺼내들었다. 왼손으로 휘두르는 데 별문제는 없었다. 만관검의 관통 능력은 간단하게 솟아오른 벽들을 뚫어버리고 진가규까지 일직선으로 이어진 통로를 만들어내었다. 그 통로로 김인수가 몸을 던졌다.

"그렇게 쉽게 날 죽일 수 있을 것 같으냐!"

이번에는 천장이 무너져 내렸다. 마치 거인의 발이 짓밟듯, 김인수를 노리고 바위 덩어리들이 떨어져 내리기 시작했다. 김인수는 인룡의 팔찌를 이용해 차원의 격벽을 세워 바위들을 다시 천장으로 밀어 올렸다.

"죽는 건 네놈이다!!"

지면이 창처럼 날카롭게 변하며 김인수를 노리고 찔러대기 시작했지만, 그 공격도 김인수에게는 별 의미가 없었다. 자신의 몸 주변에 염동력 방벽을 두르고 고속으로 돌진해 오는 김인수를 막을 방법은 이제 없을 것 같았다.

"꿇어라!!"

진가규가 외쳤다. 쿵! 순간적으로 엄청난 중력이 김인수를 습격했다.

"흥!"

그러나 김인수는 코웃음 쳤다. 중력은 그 또한 다룰 줄 안다. 자신을 속박하는 중력을 간단하게 끊어버리고, 김인수는 드디어 진가규의 눈앞에 도달했다. 신살검이 진가규의 목을 노렸다.

그 순간, 진가규가 회심의 미소를 지었다.

"걸렸구나! 멍청한 것!!"

그 자리에서 진가규의 모습이 모래가 되어 허물어졌다. 그리고 그 모래 속에서 날카로운 창이 솟아나왔다. 창은 마치 살아 있는 것처럼 움직여 자동적으로 김인수의 심장을 찾아 찌르려고 했다.

"아티팩트!"

"그렇다! 오딘의 창, 궁니르다!! 끝까지 네 심장을 추적해 찌를 것이다!!"

몇 걸음 뒤에 선 진가규가 자신만만하게 외쳤다.

"그리고 이것도 받아라!!"

그렇게 외친 진가규는 품속에서 망치 하나를 꺼내더니 냅다 던졌다. 그러자 그 망치 또한 살아 있는 것처럼 김인수를 노렸다.

"묠니르다! 내가 북구신화 팬이라서 말이야, 세트로 장만해 놨지!!"

어차피 차원 세포 관리자와 거래해서 얻어낸 복제품이겠지만, 아티팩트인 만큼 원전의 성능대로 김인수를 공격해 왔다.

"쳇!"

김인수는 혀를 차며 일단 궁니르에게 신살검을 휘둘렀다. 쾅! 살아 있는 창인 궁니르는 신살검의 일격에 '죽어서' 바로 침묵했다.

이 정도 급의 아티팩트는 완전히 죽이지 않는 이상, 파괴해도 그 파편들이 계속해서 습격해 올 가능성이 높았다. 그래서 신살검을 사용할 수밖에 없었다.

궁니르를 파괴하느라 기껏 모아놓았던 차원력이 몸에서 쭉 빠져나가는 감각은 대단히 불쾌했지만 아직 위기가 끝난 것은 아니다. 그의 두개골을 부수기 위해서 묠니르가 날아들고 있었으니까.

김인수는 왼손에 든 만관검을 차원 금고에 집어넣고, 페르세우스의 가죽 방패를 대신 꺼내들고 날아오는 묠니르를 막으려 들었다. 궁니르와는 달리 묠니르에는 자동 추적 기능까지는 없었기 때문에, 목표를 타격하고 나면 돌아가는 기능을 이용할 생각이었다. 만약 저 아티팩트가 이름만 묠니르고 성격이 달랐다면 낭패를 볼 만한 도박이었다.

쿵! 쿠르릉!!

페르세우스의 가죽 방패를 넘어서도 전달되는 묵직한 타격력과 함께, 묠니르의 번개가 번쩍거리며 주변을 지져대었다.

"큭!"

김인수는 이를 악물었다. 신체 강화 능력으로 대비하고 있지 않았더라면 방패로 막았다 한들 팔이 부러질 위력이었다. 덕분에 방어에만도 차원력을 많이 낭비하고 말았다. 남은 차원력으로는 앞으로 신살검을 한 번 휘두르는 것이 한계일 터였다.

방패 너머에서 진가규가 돌아온 묠니르를 다시 손에 쥐고 차원력을 주입하는 것이 보였다.

'저걸 다시 던지게 내버려 두면 안 돼!'

그렇게 생각한 김인수는 방패를 앞세우고 전면으로 돌진했다. 그가 돌진해 오는 것을 본 진가규는 묠니르를 그냥 직접 휘둘렀다. 김인수는 반사적으로 묠니르를 막았다.

꽈르릉!!

방패에 묠니르가 닿자마자, 이대로 버텨서면 안 되겠다고 직감한 김인수는 두 발을 지면에서 떼었다. 묠니르의 일격에 의해 김인수의 몸이 스테인리스 배트에 맞은 야구공처럼 멀리 날아갔다.

쾅!

"커헉!"

조금 전에 진가규가 세운 지면의 벽에 부딪혀, 김인수는 거친 숨을 토해내었다. 그걸 보며 진가규가 통쾌하게 웃어대었다.

"하하하! 하하하하하!! 그냥 수집품으로 모아뒀을 뿐인데 이렇게 쓸모가 있을 줄이야!! 역시 취미 생활은 해두는 게 답이로군!!"

"…그래, 맞아."

김인수는 동의하며 고개를 끄덕였다. 그의 반응에 진가규가 퍼뜩 놀라 시선을 틀었다. 그러나 이미 늦었다. 허공에 둥실둥실 떠 있던 단검이 궤도를 휙 틀어서 진가규의 오른 손목을 잘라내었다.

"끄아아아악!"

끔찍한 비명 소리와 함께 그의 오른손에 들려있던 폴니르가 텅 바닥에 떨어졌다.

"취미 생활은 해두는 게 답이지."

진가규의 오른 손목을 잘라낸 단검의 이름은 블라디 공의 가시. 물론 저 아티팩트는 궁니르나 폴니르와는 달리 살아 있지는 않았다. 그래서 김인수는 염동력으로 직접 조종하고 있었다.

김인수는 폴니르에 맞기 직전에 단검을 방패 뒤에 슬쩍 숨겼다가, 맞고 날아갈 때 슬쩍 허공에 놔두고 왔다. 일부러 과장되게 맞아줘서 시선을 끈 후 허공에 놔둔 단검을 염동력으로 움직이 기습한 결과가 이것이었다.

지구에 돌아와서 이지희와 주말에 만났을 때 본 영화의 장면을 따라했는데, 생각보다 효과적이었다. 말 그대로 취미 생활이 득이 된 셈이다.

"다섯 번의 생애 중에 직접 싸운 적은 별로 없나 보군? 진가규."

김인수는 그렇게 비웃으면서 천천히 진가규를 향해 다가갔다.

입가에는 비웃음을 띠고 있었지만, 진가규에게 접근하는 김인수의 발걸음은 조심스러웠다. 진가규가 또 무슨 아티팩트를 꺼내들지 모르니 주의해야 했다.

신살검을 사용하기 위해 부족한 차원력을 보충하려는 의도도 있었다. 조금 전 몰니르의 공격을 막느라 또 상당한 차원력을 지출했으니, 다시 채울 시간을 벌 필요가 있었다.

"하아, 하아! 하아……!!"

피가 흐르는 오른 손목을 왼손으로 부여잡은 채, 진가규는 거친 숨을 몰아쉬고 있었다. 그 눈동자에는 원망의 빛이 어려 있었다.

"고통에도 익숙하지 않은 모양이로군……."

저벅, 저벅. 진가규와의 거리는 조금씩 줄어들고 있었다.

"헉, 허억!"

그만큼 진가규의 호흡도 가빠지고 있었다. 김인수에게는 아직 시간이 조금 필요했다.

'7초 정도… 인가.'

김인수는 경계를 늦추지 않은 채 조심스럽게 시간을 쟀다.

한 호흡 만에 뛰어들 수 있을 거리만큼 되었을 때, 김인수는 발걸음을 멈췄다.

"각오는… 됐나."

"그래."

몰아쉬던 호흡을 멈추고, 진가규는 대답했다. 그리고 일은 순식간에 벌어졌다.

"욱!"

비명이 내달렸다. 진가규의 목에서 터져 나온 것이었다.

"이런!"

1초……. 단 1초였다. 김인수에게는 그 단 한순간이 모자랐다. 신살검을 휘두르기 위해 필요한 차원력을 회복하는 시간. 그 작은 틈을 진가규는 파고들었다.

진가규의 심장에는 단검이 박혀 있었다. 심장에 단검 좀 쑤셔 박는다고 사람이 이렇게 단번에 죽지는 않는다. 즉, 즉사 능력이 달린 아티팩트였으리라.

결론은 이렇다.

김인수는 진가규의 자살을 용인하고 말았다.

32장

복수의 끝

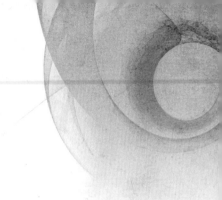

진가규는 눈을 떴다.

방금 전까지 진가규는 서른 살의 청년이었다. 인생의 목표는 입신양명. 집안의 도움 없이 자신의 힘으로 홀로 당당히 서기 위해 악다구니를 쓰고 있었다.

그 청년은 이제 없다. 잡아먹혔다.

이미 200년을 살아온 노회한 괴물이 고작 30년밖에 안 된 자아를 집어삼켰다. 그 괴물이 30세 청년의 가죽을 뒤집어쓴 채 지금 여기에 서 있었다.

그것이 지금의 진가규였다.

"돌아… 왔구나!"

회심의 미소가 자연스레 그의 입가에 자리 잡았다.

그의 주관적인 인식으로는 방금 전, 그는 죽을 뻔했다.

아니, 사실 죽었었다. 그의 육체적 생명은 끊겨 있었다. 다만 '진짜로 살해당하기' 전에 스스로 목숨을 끊는 데 성공했을 따름이다.

물론 그건 이제 다 '지난 세계'의 일이다. '지금 세계'의 그와는 관계가 없는 일이다.

"으……. 죽는 건 몇 번을 경험해도 익숙해지지 않는군. 진짜 기분 나쁘네."

자신이 스스로 찌른 심장 부위를 어루만지며, 진가규는 한숨을 내쉬었다. 안도의 한숨이었다.

회귀에 성공했다.

비록 모든 소유물과 어벤저 스킬, 차원력은 놓고 와야 했지만 그런 건 큰 문제가 아니다. 다시 시작하면 될 일이니까. 그리고 이번에는 지난 세계에서 했던 실수를 하지 않으면 된다.

"이번에야말로 승리해 주마."

이를 득득 갈며, 진가규는 말했다.

"여보, 무슨 일이에요?"

혼잣말이 지나쳤는지, 방문을 열고 누군가가 들어와 말했다. 그녀의 이름은 유연희. 친구인 유연학의 여동생이자 지금 진가규의 처였다. 두 사람은 서로를 깊이 사랑하는 사이로, 10년의 연애 끝에 결혼에 성공했다.

"응? 아아."

진가규는 웃었다.

유연희가 지금도 자신을 진심으로 사랑하고 있다는 건 그도 잘 알고 있었다. 그리고 그 감정은 이용할 수 있었다. 이미 두 번, 그는 그녀의 감정을 이용한 적이 있었다.

이번이 세 번째가 될 터였다.

그는 필통에서 페이퍼 나이프를 꺼내 들었다. 그리고 아무런 망설임 없이 자신의 목에 푹 찔렀다. 피가 뿜어져 나왔다.

"여보!"

유연희가 놀라 그를 향해 달려왔다. 사랑하는 남편이 자해를 했다. 그것을 본 그녀는 지금 '궁지에 몰렸다'.

이럴 때 찾아오는 놈이 있다.

[힘을 원하는가.]

방금 전, 진가규는 회귀에 성공했다. 그것은 차원을 찢고 지난 세계와 지금 세계를 연결해야 가능한 일이었다. 그 찢겨진 차원의 틈새를 타고 최하급 계약마 한 마리가 기어 나왔다. 그리고 유연희가 풍기는 달콤한 냄새에 이끌려 말을 건 것이다.

"여보… 나를 왕으로 만들어 달라고 대답해……"

다 죽어가는 목소리로 진가규는 유연희에게 말했다. 유연희는 패닉에 잠겨 제정신이 아닌 상태였다. 뭐가 어떻게 돌아가는지 아무것도 이해하지 못한 채, 그녀는 그냥 자신의 사랑하는 남편이 하라는 대로 대답했다.

"저 이를 왕으로 만들어줘요!"

[계약은 성립되었다.]

동시에 유연희의 존재가 계약마에 의해 삼켜지기 시작했다. 그 광경을 바라보며, 진가규는 미친 듯이 웃었다.

"좋아, 됐어! 힘이 솟아오른다! 하하하하!!"

최하급 어보미네이션이 되어버린 옛사랑의 모습은 신경도 쓰이지 않았다. 그의 앞에는 이제 찬란한 성공과 승리만이 남아 있을 텐데, 그런 걸 신경 쓸 이유가 어디 있겠는가.

"이번에야말로 세계를 정복해 주지!"

야망이 불처럼 타올랐다.

"그래, 그렇군."

목소리가 들렸다. 그 목소리를 들은 진가규의 얼굴이 굳었다.

"이 세계에서도 너는 똑같은 선택을 하는군. 뭐, 그럴 거라고 생각했어."

그 목소리는 들은 적이 있었다. 어떻게 잊겠는가? 그의 주관적인 인식으로는 방금 전까지도 이야기를 나누던 상대의 목소리였다.

진가규는 고개를 돌렸다. 그곳에는 지금 가장 보고 싶지 않은 얼굴이 서 있었다.

"너, 너는……! 네가 여기 어떻게!"

그가 진가규처럼 회귀를 한 것처럼은 보이지 않았다. 마치 '지난 세계'에서 '이번 세계'로 직접 건너온 것 같은, 별로 바뀌지도 않은 모습이었다.

"그런 게 가능할 리가 없어!!"

"그래, 원래대로라면 불가능해. 원칙적으로는 있을 수 없는 일이지."

지난 세계와 이번 세계는 각기 다른 차원에 존재한다. 차원 간의 이동은 대단히 한정되어 있고, 기본적으로는 차원 균열로 밖에 오갈 수 없다.

그리고 '이번 세계'에는 차원 균열이 '아직' 없다. 지구의 차원 질서가 흐트러지고 차원 균열이 마구잡이로 열리는 원인이 진가규인데, 그는 아직 아무것도 하지 않았으므로.

"하지만 네가 여기로 왔잖아? 네가 여기 올 때의 균열을 비집고 들어왔지."

남자가 답을 알려주었다. 답을 들은 진가규의 표정이 굳었다.

"여기까지 오는 데 얼마나 고생했는지 몰라. 파주의 차원 균열을 통해서 네가 점령한 차원 세포를 찾고, 그 차원 균열의 관리자를 포섭해서 네가 전이해 간 차원의 좌표를 알아냈지. 그리고 네가 회귀할 때 발생한 파동을 근거로 삼아서 간신히 여기에 올 수 있었어."

남자는 뒷머리를 긁으며 한숨을 내쉬었다. 하지만 그의 얼굴에는 곧 미소가 걸렸다.

"고생한 보람이 있네."

미소가 점점 벌어져, 이가 보일 정도가 되었다. 드러난 그의 송곳니에서, 살의가 뿜어져 나오는 것 같았다.

"내 소개를 하지. 내 이름은 김인수. 내 어머니는 네가 교통사고로 위장해 죽었고, 내 아버지는 네가 차량 내 자살로 위장해 죽였다. 그 충격으로 내 동생은 자살했고, 일가에서 오직 나만 살아 남았어."

남자, 김인수는 갑자기 이야기를 시작했다.

"복수 같은 건 꿈도 못 꾸고 조용히 살아가던 나를 네가 납치했다. 넌 내게 이렇게 말했어. '혹시나 네가 성공이라도 하면 골치 아파지니 말이야'. 그리고 넌 날 차원 균열로 집어던졌다. 그때만 해도 내가 이렇게 살아나올지는 몰랐을 테지만, 난 살아서 돌아왔다."

김인수의 눈동자는 복수심으로 불타오르고 있었다.

"오로지 네게 복수하겠다는 일념으로."

진가규는 김인수의 의도를 알았다. 하필 지금 이런 이야기를 하는 이유에 대해서도.

'혹시라도 만약 내가 널 놓치고 회귀를 허용한다면, 넌 다음 세계의 날 찾아 죽일 테지. 그 가능성을 없애기 위해서라도, 난 네게 이름을 말해주지 않겠다.'

지난 세계에서 김인수는 이렇게 말했다. 그런데 지금 이름을 밝히는 이유는 뭘까. 간단하다.

이제 여기에서 '혹시'와 '만약'은 없다.

완전한 승리를 확신한 선언이었다.

"넌 날 이미 죽였어!"

공포에 질린 채, 진가규가 외쳤다.

"아니, 넌 자살했어. 난 아직 널 죽이지 못했어."

내쏘는 것 같은 김인수의 분노가 깃든 시선에서 벗어나기 위해, 진가규는 의미가 없다는 걸 알면서도 땅을 기었다.

"지금의 내가 뭘 했다는 거냐! 지금의 난 네 부모를 건드린 적도 없어!!"

"그 말은 맞아."

김인수는 고개를 끄덕였다.

희망이 보였다. 그렇게 생각했다.

김인수가 품속에서 뭔가를 꺼내서 쓰기 전까지는.

"내 이름은 에스파다 도 오르덴. 차원의 질서를 수호하는 존재다."

그것은 에스파다 도 오르덴의 철가면이었다. 그 에스파다 도 오르덴이 이렇게 선언했다.

"지금부터 이 차원의 질서를 어지럽힌 널 처형하겠다."

"으, 으아아아아아!!"

진가규의 절망이 깃든 절규는 오래 이어지지 않았다. 신살검이 번뜩였다.

픽!

                    *   *   *

진가규의 목이 지면을 데구르르 굴렀다. 신살검으로 베었으므로 더 이상 그가 환생하거나 회귀할 걱정을 하지 않아도 되었다.

이로써 진가규라는 존재는 완전히 끝났다.

김인수의 복수도 종결을 맞이했다.

"하아."

에스파다 도 오르덴의 가면을 벗으며, 김인수는 깊은 한숨을 내쉬었다.

별로 실감이 나지도 않았다. 지난 10년 동안, 아니, 그 이상의 세월을 투자해서 맞이한 결말은 의외로 소탈했다. 세계가 하나 무너지거나 뭔가 폭발하거나 하지도 않았다.

그저 진가규가 영원히 죽었다. 사람 하나의 몸에서 목이 떨어져 나갔다. 그 결과만이 남았다.

김인수도 알고는 있었다. 이건 그렇게 단순한 업적은 아니었다.

자신이 방금 한 이 행위로 인해, 그는 자신의 지구와 지금 있는 이 지구, 두 개의 차원을 구했다.

진가규를 내버려 두었다면 어벤저만을 위한 세계를 만들기 위해 사방에 차원 균열을 열어젖히고 이번에야말로 세계를 정복했을지도 모를 일이다. 그런 짓을 반복하다보면 차원 질서가 무너지고 틈새 차원의 차원력이 쏟아져 지구라는 차원 전체가 위기에 처했을 테니, 차원을 구했다는 표현은 그리 넘치는 것도 아니었다.

"그렇다고 뭐, 속이 시원하거나 허무하거나. 그렇지는 않군."

복수에 대해 다룬 작품은 많지만, 그런 작품들에서 흔히 보이는 허탈감이나 짜릿함은 딱히 느껴지지 않았다. 그저 이런 거구나, 하는 묘한 기분이 드는 정도였다.

느껴지는 건 달성감이 아니었다. 통쾌함이 아니었다. 복수에 성공해 내면 그런 느낌이겠지. 상상한 것은 그런 것들이었다. 그런 것들은 뭔가를 해냈을 때 느껴지는 감정들이다. 특별한 업적을 쌓았다든가, 강적으로부터 승리를 쟁취했다든가.

그런데 지금 그가 느끼고 있는 감정은 그런 것들과는 거리가 멀었다.

당연한 걸 했다.

배가 고파서 밥을 먹었다. 졸리니까 잠을 잤다. 그런, 1 다음에 2가 오는 것 같은 당연히 이뤄져야 할 일이 이뤄진 것뿐이라는 느낌이었다.

당했으니 되갚아줬다.

물론 배가 고파도 밥을 못 먹을 일도 있다. 졸려도 잠을 못 잘 일도 있다. 김인수는 이 복수를 달성하기 전까지 그런 상태에 놓여 있었다. 그리고 그 욕구가 지금 해소되었다.

다시 제로가 되었다.

그것이 지금 그가 느끼고 있는 감정이었다. 두 끼를 굶었다가 드디어 끼니를 때웠을 때, 사흘을 밤 샜다가 드디어 푹 자고 일어났을 때 느낄 법한 그런 감정이었다.

"아, 그렇군."

김인수는 그제야 자신이 지금 느끼는 기분을 정의해 냈다.

"나는 지금 만족한 거로군."

그것이 지금 그가 느끼고 있는 감정의 이름이었다.

*　　　　*　　　　*

방금 전까지 진가규의 처였던 어보미네이션이 김인수의 눈치를 보다가, 진가규의 시체를 덥석 물고 방으로 질질 끌고 들어갔다. 김인수는 그 어보미네이션을 일단 내버려 두었다.

"최후의 만찬이로군."

김인수가 저 어보미네이션을 그냥 내버려 둬도 여긴 헬필드도 없으니 경찰이 알아서 충분히 처리할 수 있겠지만, 그래도 쓸데없이 피해를 늘릴 이유가 없었다.

더군다나 어보미네이션의 시체는 그 자체만으로 이 차원에 어느 정도 영향을 끼칠 것이다. 차원 질서를 위해서도 남겨둬서 좋을 게 없었다.

어보미네이션이 진가규의 시체를 다 먹길 기다린 후에, 김인수는 어보미네이션을 덥석 붙잡았다. 어보미네이션은 '깽' 하는 소릴 냈지만 반항하지 않았다. 반항하는 게 의미가 없을 정도로 힘의 차이가 크다는 걸 본능적으로 이해하고 있었기 때문일 터였다.

그걸 그대로 들어서 그냥 차원 금고에 밀어 넣은 후, 김인수는 다시 한 번 한숨을 내쉬었다.

"이 세계에 그냥 비뚤린 부모님과노 만날 수 있셌시.

그런 생각이 잠깐 들었다. 곧 픽 웃고 말았지만.

이 세계의 '부모님'은 어디까지나 이 세계의 김인수의 부모일 뿐, 지금 여기 서 있는 김인수와는 아무 관계가 없는 타인이다.

더군다나 죽은 진가규가 30세 정도니, 김인수의 세계를 기준으로 40년에서 50년 정도 차이가 난다. 이 세계에서 김인수의 부모는 아직 어리거나 태어나지 않았을 가능성마저도 높았다.

그런 부모님을 만나서 뭘 어쩌겠단 말인가? 부모님이 지금의 김인수를 만나는 바람에 인생이 비틀린다면?

말 그대로 다른 차원의 영향을 받아 존재 그 자체가 뒤틀려 버릴 위험마저 있었다.

만나볼 이유가 없었다. 만나서도 안 됐고.

"차원 질서를 지킨다는 놈이 나서서 차원 질서를 어지럽힐 이유가 없지."

게다가 진가규가 회귀하기 위해 열었던 작은 차원의 비틀림은 곧 닫히고 말 것이다.

김인수가 있던 세계와 달리, 이 지구의 차원 질서는 아직 공고하다. 비틀림이 닫혀 버리면 돌아갈 방법도 사라지게 된다. 사실은 이러고 있을 시간도 없었다.

"그저 바란다면, 이 세계의 김인수는 행복하길."

김인수는 짧게 기도하고, 초시공의 팔찌에 차원력을 밀어 넣었다.

*　　　　*　　　　*

포탈을 통과하자, 그곳은 웬디의 차원 세포였다.

"선생님!"

포탈에서 나오자마자 오연화가 김인수에게 와락 달려들어 안겼다. 웬일인지 얼굴은 눈물범벅이었다.

"아니, 왜 이래?"

영 평소답지 않은 오연화의 모습에 김인수가 사뭇 당황하며 묻자, 오연화는 손으로 눈물을 닦으며 대답했다.

"돌아오지 않으실 줄 알았어요."

"금방 해결하고 돌아온다고 했잖아."

"그렇지만……."

말하기 그리 기껍지는 않은 듯, 오연화는 우물쭈물 거렸다. 그러다 마음을 굳힌 듯, 그녀는 다시 입을 열었다.

"'저기'에는 선생님의 부모님이 계시잖아요."

"응."

"저라면 돌아오지 않을지도 모른다고… 생각했어요."

오연화도 부모를 잃었다. 그것도 어린아이일 때. 물론 지금노 어린아이이지만, 지금보다도 더 어릴 때.

"후."

그런 그녀를 내려다보며 김인수는 짧게 웃었다.

"네 입장이 되서 생각해 봐라. 넌 날 여기 두고 거기서 안 돌아오겠냐?"

"그야 전 돌아오죠."

오연화는 별로 길게 생각할 필요도 없다는 듯, 바로 대답했
다.

"하지만 선생님은 다르죠. 제가 선생님을 좋아하는 만큼,
선생님이 절 좋아한다는 보장이 없잖아요."

입술을 쭉 내민 채, 어째선지 좀 삐친 듯 말하는 그녀를 보
며 김인수는 웃어버렸다.

"그건 그렇구나."

그 대답에 오연화는 낙심한 듯 한숨을 푹 내쉬었다.

"…저기, 선생님. 여긴 '나도 널 좋아한단다'라고 대답해 주
셔야 맞거든요?"

"한국에는 아동청소년보호법이라는 게 있단다. 넌 네 선생
을 범죄자로 만들 셈이니?"

"여긴 아직 한국이 아니거든요."

"그건 그렇다만."

김인수는 쾌활하게 대답했다.

"이제 돌아가야지. 나의 세계로."

그의 그런 말에 오연화의 표정이 확 밝아졌다.

"우리 세계죠!"

"그래, 우리 세계."

*   *   *

끼니를 굶어가며 사흘 밤을 샜어도, 끼니를 때우고 잠을 좀 잔 후에는 다시 일상으로 돌아가지 않으면 안 된다. 아직 김인수가 할 일은 태산같이 남아 있었다. 진가규를 죽인 것은 말하자면 그동안 미뤄왔던 숙제를 해결한 것에 지나지 않았다. 어제 10년 묵은 여름방학 숙제를 해치웠어도 오늘은 오늘의 숙제를 또 해치워야 한다. 그게 인생이라는 것이다.

WF가 지구에 남긴 상처는 크고 깊었으나, 치명적인 것은 아니었다. 대륙이 쪼개질 정도의 지진도 일어나지 않았지 않은가. 무한히 바닷물을 빨아들이는 바다의 구멍도 지구에는 아직 뚫리지 않았다. 지구는 회생 가능하다. 그러나 노력을 기울여 치유하지 않으면 언젠간 되돌릴 수 없는 상태에 이를 것이다.

"다른 사람들은?"

"다 일하는 중이죠. 저만 왔어요. 칭찬해 주세요."

김인수의 질문에 오연화는 잘난 척 하며 대답했다.

"다행이로군. 너 말고도 다들 일을 내팽개치고 왔더라면 걱정 좀 할 뻔했어."

애초에 오연화도 여기에서 기다리기로 되어 있던 게 아니다. 단지 오연화는 어벤저 스킬 외에는 사무 능력이나 교섭 능력 등 다른 실무적인 능력이 부족하기 때문에 전투 외의 업무를 많이 맡지 않았다. 그 덕에 다른 사람들에 비해 여유가 좀 있을 뿐이었다.

그래서 김인수도 오연화가 웬디의 차원 세포에서 죽치고 있었던 걸 그다지 탓하지 않았다. 그녀가 괜히 사명감에 휩싸여 혼자 차원 균열을 헤매면서 닫고 다니는 것보다는 여기서 자신을 기다리는 게 훨씬 나았다.

오연화의 실력을 믿지 못하는 건 아니지만, 차원 균열은 생각지도 못한 변수가 많이 생기는 공간이다. 혼자보다는 둘이 가는 게 낫다.

"상황은 어때? 내가 없는 동안 무슨 일 없었어?"

"선생님이 자릴 비우신 시간은 5분 정도밖에 안 됐어요. 상황이 바뀔 만한 시간은 아니죠."

"어, 그래? 나한테 유리한 가설이 들어맞았군."

김인수도 다른 사람이 회귀한 차원으로 이동하는 건 처음이었던지라, 확신 같은 건 없었다.

이론적으로는 저쪽 차원에서 보낸 시간과 상관없이 포탈을 통과하는 시간인 5분만 소요될 거라고 가설을 세울 수 있었지만, 실제로 그렇게 되리라는 보장은 없었다. 최악의 경우에는 천년 뒤에 올 수도, 완전히 실패한 경우에는 아예 못 돌아올 수도 있었다.

이번에는 그의 가설이 참이라고 증명되었다. 이로써 인류의 지식은 한 단계 더 진보했다. 반복 실험을 통해 이론을 완전히 정립할 수 있다면 더 좋겠지만, 김인수도 다른 목적도 없이 리스크를 짊어질 생각은 없었다.

"네. 제가 기다리고 있던 시간도 그 정도뿐이죠. 더 길었으면 감격적인 재회가 되었을 텐데."

"그렇지 않아서 다행이로군."

"그렇죠, 뭐."

오연화는 어째서인지 좀 아쉬운 듯 대답했다.

"그런데 앞으로도 계속 그 모습으로 계실 거예요?"

"그 모습? 아, 이 모습?"

김인수는 쓴웃음을 지었다.

그가 구 현오준 팀의 팀원들에게 자신의 정체를 밝힌 지는 얼마 되지 않았다. 지구의 진가규를 처치하고 올라오면서 김인수로서의 얼굴을 공개했다. 그의 입장에서는 더 이상 정체를 숨길 필요가 없기에 본 모습을 공개한 거지만, 그를 계속 최재철인 줄 알았던 팀원들은 다소 어색해했다.

팀원들 중에서는 오연화가 특히 좀 낯설어했다. 구문효가 적응이 좀 빨랐던 편이고. 현오준은 지난 세계에서 김인수를 최재철의 모습으로 처음 만난 탓인지 익숙해지기 전까지 시간이 약간 필요한 듯했다.

김인수의 모습을 익숙해한다는 점에 있어서는 이지희를 따라올 사람은 없었다. 다만 그녀의 경우는 문제가 있었다. 낯설어하지는 않았지만, 김인수에게 노골적인 적대감을 표했다.

"나를 속였어!"

그런 소리까지 들었다. 하기야 무르아냐의 기억을 가진 이지희의 입장은 다소 난처할 수도 있겠다 싶기는 했다. 이지희는 그냥 최재철의 학생이 되기로 마음먹었는데, 그 최재철이 사실은 무르아냐가 찾아다니던 김인수였으니.

그래서 김인수도 그녀가 휘두르는 주먹을 그냥 맞아주었던 거다. 그런데 주먹을 맞아주는 것까지는 감내할 수 있었지만, 그 뒤로 이지희가 김인수의 얼굴도 마주 보려고 하지 않는 건 김인수 입장에서도 좀 껄끄러웠다.

이제까지는 진가규를 잡아 죽여야 한다는 생각에 해결을 뒤로 미뤄두었지만, 앞으로도 이지희를 다시 볼 생각이라면 이 문제도 어떻게든 해결을 하긴 해야 했다.

"뭐… 그래도 이게 내 진짜 모습이니까."

그렇다고 김인수는 최재철의 모습을 취할 생각은 없었다. 아니, 오히려 최대한 빨리 자신의 정체가 김인수인 걸 알려야 했다.

김인수는 앞으로 눈에 띄는 역할을 수행해야 했고, 그런 와

중에 적을 만들 가능성은 대단히 높았다. 그러다 보면 최재철의 부모에게도 피해가 갈지도 몰랐다. 그런 민폐를 끼칠 수야 없었다.

'최재철의 부모도 만나야겠군.'

김인수는 속으로 생각했다. 최재철의 죽음을 알리고, 진실에 대해서도 알려야 했다. 모르는 게 더 나은 진실도 있다지만, 이 문제는 그 경우에 속하지 않았다.

이제까지는 복수가 최우선 과제였지만, 앞으로는 아니다. 우선순위를 다시 설정해야 할 과제는 비단 이것뿐만은 아니리라.

절로 한숨이 나올 법도 했지만, 오연화 앞인지라 참았다.

"아뇨, 양복 사이즈가 안 맞아서요."

그런데 오연화가 의외의 발언을 했다. 그러고 보니 김인수가 입고 있는 양복은 맞춤 양복으로, 최재철의 몸에 완벽하게 맞춘 사이즈였다. 그런데 지금은 김인수의 모습으로 돌아왔으니, 양복도 잘 안 맞는 것처럼 보일 수밖에 없었다.

"…양복도 새로 맞춰야겠군."

"그때는 저도 데려가세요."

오연화가 말했다.

"양복점에는 따라가지 못했잖아요."

오연화는 김인수가 이지희와 함께 갔었던 장소를 전부 다

다시 한 번 가보고 싶어 하는 경향이 있었다. 그게 어떤 심리에서 비롯된 건지는 상아탑의 교장썩이나 한 김인수조차 이해하기 어려운 면이 있었다. 어쨌든 오연화의 그런 제의를 굳이 거부할 이유도 없었기에, 김인수는 고개를 끄덕였다.

"그걸 말하자면, 영화관에도 안 갔지."

"영화관에도 가야죠."

"그래, 그러자. 일을 다 처리한 다음에."

"지희 언니도 같이요."

오연화의 그 말은 좀 의미심장하게 들렸다. 오연화가 이지희를 어떤 종류의 라이벌로 여기고 있는 것 또한 감안하자면 더더욱 그랬다.

오연화 또한 김인수와 이지희 사이에서 일어난 갈등을 알고 있다. 그 갈등을 봉합하라는 의도도 있을 것이다. 그럼으로써 자신이 불이익을 받을지도 모른다는 리스크를 감수하고, 오연화는 이런 발언을 했다.

"…그래."

그렇다면 김인수는 고개를 끄덕여야 했다. 그것이 이치에 맞는 행동이리라.

*　　　*　　　*

김인수가 자릴 비웠던 건 고작 5분이었기 때문에, 상황이 그렇게 많이 바뀌지는 않았다.

물론 김인수 본인은 파주의 차원 균열을 통과해 진가규가 군주로 있던 차원 세포를 점령하고 관리자를 심문하느라 더 많은 신경을 쏟느라 시간을 많이 썼지만, 상황이 어떻게 돌아가고 있는지에 대해서는 전달받고 있었다.

이번 사태로 인해 대한민국이 입은 피해는 막심했다.

일단 대통령이 죽었다. 진가규는 대통령을 사로잡고 항복을 받아 민주공화정을 끝낸 후, 쓸모가 없어진 그를 살해했다. 그리고 대통령 당선인 또한 죽었다. 그는 WF의 쿠데타가 시작되자마자 암살당했다.

새롭게 선거를 해야 하는 비용은 이미 초래된 사회 혼란에 비하자면 별것도 아니다. 임시적으로 당선인의 러닝메이트가 부통령으로 취임해 대통령 업무를 대행하고는 있었지만 어디까지나 임시적인 조치일 뿐이었다.

나라의 대표가 없기 때문에 행정과 외교가 완전히 멈춰 버렸다. 그나마 다행히 관료들이 멀쩡해서 현상 유지는 가능했지만 문제를 해결하거나 하는 건 불가능했다. 그리고 당연히도 해결해야 할 문제는 산적해 있었다.

이런 혼란스러운 상황에서도 군부 쿠데타가 다시 일어나지 않은 건 이미 한 번의 쿠데타가 시민의 손에 의해 저지당한 걸 다들 목격했기 때문이었다. 아무리 야심이 큰 군 고위 간부라 하더라도 지금 속내를 드러내는 건 위험하리라 생각할 만도 했다.

대한제국 반대 시위를 제압하는 과정에서 엄청난 인명이 손실되었지만, 그만큼 어벤저들의 숫자가 늘어났다. 이들을 군대로 압도할 수 있을 거라는 보장이 없었다. 폭격기로 서울을 초토화시켜 버릴 기세로 폭격이라도 하면 혹시 모를까.

당연하지만 폭격을 가하거나 항공모함을 동원할 정도의 대규모 군사작전을 벌일 만한 파벌은 한국군 내부의 어디에도 없었다. 여전히 전시 작전 통제권은 미군에게 있었으므로, 차라리 미군이 대한민국을 점령하기 위해 움직이는 게 가능성이 더 높을 정도였다.

그리고 다행히도 그런 불상사는 벌어지지 않았다. 군대로 제압하기 껄끄럽다는 점에 있어선 다른 강대국들도 마찬가지였다. 세계적인 비난도 비난이지만, 설령 점령한다 한들 한국인 어벤저들이 레지스탕스가 되어 저항한다 생각하면 한국이란 나라가 별로 먹음직스럽게 보이지도 않을 것이다.

혼돈 속에서 새롭게 힘을 얻은 어벤저들이 폭도로 변하지 않은 건 OJ가 자체적으로 치안을 유지시켰기 때문이었다. 간혹 사회가 혼란한 틈을 타 강도로 돌변한 소규모 길드가 나오기는 했지만, 곧 OJ에 의해 제압당했다.

어벤저들을 대량으로 고용해 체계적으로 지휘할 수 있는 집단은 원래부터가 WF와 OJ 정도였고, WF가 국가 내란죄로 토벌되었으므로 이제는 OJ뿐이다. 그런 OJ를 상대로 소규모 길드나 각 개인 어벤저가 뭘 해보기는 사실상 힘들었다.

시선을 달리 해서 보자면 지금 쿠데타를 실행할 수 있는 집단 또한 OJ뿐이라는 이야기도 된다. 하지만 그 OJ가 사회질서를 되찾는데 힘을 기울이고 있으므로, 대한민국은 결정적으로 무너지지 않을 수 있었다.

"황제가 되어보실 생각은 없습니까?"

현오준이 농담기가 섞인 목소리로 물었다.

"지금이라면 황제가 될 수 있을지도 몰라요."

"저더러 진가규 같은 짓을 하라는 겁니까? 농담 치곤 질이 안 좋군요."

"아, 죄송합니다. 그게 그렇게 되는군요."

현오준은 바로 사과했다.

"하도 답답하니 이런 말이 나오는군요. 강력한 리더가 나와서 우리를 끌어주었으면… 그런 생각이 요즘 자꾸 듭니다."

"지금은 21세기입니다, 사장님. 20세기의… 19세기의 방식으로는 국가가 부강해지지 않습니다."

"그야 그렇겠지요. 뭐, 제 실언은 그냥 이대로 잊어주십시오."

WF의 세력은 국가 내란죄로 토벌 당했지만, 아직 지엽적인 조직이 남아 있었고 그들 중 상당수는 진가염이나 진가충의 클론들이 지휘하고 있었다.

그리고 그런 WF를 지지하는 세력도 미약하다고는 할 수 없었다. 진가염과 진가규가 보여준 젊음을 되찾는 능력, 특히나 진가규가 자신의 황제 즉위식 때 언급한 불멸의 능력을 탐내는 이가 많았다. 그런 이들 중에는 자산가나 정치가가 많았으므로 더욱 골치가 아팠다.

그런 이들을 솎아내기 위해서는 강력한 힘이 필요하다. 누구도 거스를 수 없는 초법적인 힘. 법과 도덕, 이치에 맞게 일을 처리하고자 하면 어쩌면 영원히 해결할 수 없는 숙제가 되어버릴지도 모른다.

현오준이 하고 있는 일이 바로 그런 일이었다. 초법적인 권한도 없이 돈과 권력을 지닌 이들을 의심하고 견제하는 것.

OJ의 사장일 뿐인 현오준에게는 수사권도 없을 뿐더러 재판권도 없었다. 그저 일신의 안위, 당사의 안위, 나아가 국가의 안위를 위해 견제하는 것, 그것이 그가 할 수 있는 일이었다. 그의 입장에서는 답답할 만도 했다.

"하기야, 올바른 방법이란 늘 귀찮더군요. 그 귀찮음 때문에 생긴 사고… 체르노빌 사고 같은 걸 생각하면 당연히 감수해야 하겠지요."

현오준은 한숨을 푹 내쉬다가 문득 김인수를 올려다보았다.

"그런데 김인수 씨는 저보다 나이가 많죠?"

"네."

김인수는 고개를 끄덕였다.

"최재철과는 달리."

"이젠 형님이라고 부르면 되겠군요."

하도 골치가 아프다 보니 아예 다른 생각을 하려는 모양이었다. 김인수는 그런 현오준의 의도에 어울려주기로 마음먹었다.

"형님은 좀……. 안 그래도 무력 집단인데. 혹시나 도청이라도 당하면 괜히 오해받을 거 같지 않습니까?"

"그럼 아저씨라고 할까요?"

"아뇨, 아저씨한테 아저씨라고 불리면 그것도 좀. 그냥 모르는 아저씨를 부르는 거 같지 않습니까?"

"저 아직 아저씨는 아닌데요."

"그럼 저도 아직 아저씨 아닙니다."

해봤자 무의미한 그런 이야기를 넋두리처럼 떠들다가 현오준은 결론이라도 내듯 말했다.

"그럼 그냥 형이라고 부르겠습니다. 이젠 구문효 씨도 이 호칭 안 쓰는 것 같던데."

"…뭐, 그렇게 하시죠."

더 거부해 봐야 좋은 게 나올 것 같지는 않았기에, 김인수는 체념한 듯 한숨처럼 대꾸했다.

＊　　　＊　　　＊

김인수는 최재철의 부모를 찾았다.

최재철의 죽음에 대해 그의 부모에게 어떻게 설명을 해야 할지, 김인수는 고민을 많이 했다. 하지만 결국 상세한 사항은 가려놓기로 했다.

'최재철은 서울에서의 시위에 참가했다가 WF에 의해 목숨을 잃었다.'

조금 단순하지만, 그렇게 설명하기로 했다.

그날 시위에서는 많은 시민이 살해당했고, 어벤저도 많이 죽었다. 그 희생자 중 하나가 최재철이라도 이상할 건 없었다.

'길을 가다가 불량배를 만나서 협박을 당하다가 어보미네이션이 되어버렸다.'

그런 설명보다는 훨씬 정상적이었다.

때로는 현실이 이야기보다도 황당무계한 법이다. 오히려 그렇기 때문에 사람들에게는 이야기가 필요한 법이다. 그것이 결국에는 기만일지라도, 김인수는 자신이 정의롭기 위해 진실을 털어놓는 것보다는 위선일지라도 지어낸 이야기를 늘어놓는 쪽을 선택했다.

"아드님은 정의로운 분이셨습니다."

김인수는 최재철의 상사인 것으로 했다. 시위에도 함께 참가했지만, 그는 살아남고 최재철은 살아남지 못했다고 이야기했다. 이 이야기로 최재철의 부모가 그에게 원한을 품을 수도 있었지만, 그는 그렇게 되더라도 감내할 생각이었다.

"아드님 덕분에 우리나라는… 정의를 되찾을 수 있었습니다."

단어를 고르다가, 김인수는 그렇게 말하고 말았다.

최재철의 어머니가 울음을 터뜨린 건 바로 그 시점이었다.

정의가 다 무얼까. 그런 건 상관없다. 그저 내 가족이 살아 있는 게 훨씬 나을 텐데. 최재철의 어머니가 그런 말을 입 밖에 내지는 않았다.

하지만 김인수는 생각한다.

나도 복수하고 싶지 않았다고.

애초에 복수할 일이 일어나지 않았으면 좋았을 거라고.

그렇다면 자신은 그저 그냥 숨죽인 채 살았을 거라고, 설령 진가규가 대한제국을 선포하고, 계급제를 선포하고, 자신과도 같은 일반인들은 노예로 취급하더라도 그냥 입을 닫고 살았을지도 모른다고 말이다.

진가규의 연설을 듣고 분연히 일어난 시민들에 대해 생각한다. 그들의 심장을 뛰게 만든 것은 분명 정의감이었을 것이다. 이래서는 안 된다고 생각했기에 일어난 것이리라.

평범한 시민이 정의라는 단어를 입에 올리는 건 뭔가가 잘못되었기 때문이다. 아무 일도 일어나지 않으면 정의에 대해 생각할 이유가 없다.

거기에 악이 있기에, 사람은 비로소 정의에 대해 생각한다.

그렇기에 정의라는 단어는 불길하다. 쉬이 입에 올려서는 안 되는 단어이다.

김인수는 한숨을 참았다. 자신의 입에서 이미 튀어나간 실언을 되삼킬 수는 없다.

"아드님의 통장입니다."

김인수는 100억 원이 든 최재철 명의의 통장을 내밀었다.

인생을 바꿀 만한 금액이다. 이 돈은 최재철의 가족을 불행하게 만들지도 모른다. 그들 가족이 생각 외로 현명하다면 그렇지 않겠지만 말이다.

그렇다곤 해도 김인수는 그들 가족을 위한답시고 이 통장의 돈을 빼낼 생각은 들지 않았다. 그건 오만이다. 최재철의 부모가 어리석을 거라고 지레 짐작하는 것만큼 무례한 짓이 어디 있겠는가.

그래서 김인수는 단순하게 생각하기로 했다.

이건 최재철의 명의로 된 통장에 든 돈이니 최재철의 것이다.

그렇게 말이다.

최재철의 어머니가 그 통장을 열어보고 놀라는 표정은 별로 보고 싶지 않았다. 기뻐하더라도, 이딴 거 필요 없으니 내 아들 내놓으라며 찢어버리더라도, 그 어느 쪽의 반응을 보이더라도 김인수의 속은 별로 편하지 않으리라.

그래서 김인수는 바로 인사를 하고 나오려고 했다.

"고맙습니다."

최재철의 어머니의 그 말이 김인수의 뒤통수를 때렸다.

그 말의 의미를 곱씹을 생각은 좀처럼 들지 않았다. 감사한 의미가 무엇인지 되묻는 건 논외다. 이야기를 지어낸 것을 들켰다 한들, 바뀌는 건 없다. 아들을 먼저 보낸 어머니의 심정은 부모를 억울하게 보낸 아들의 마음보다 더 클까. 그런 걸 비교한들 아무 의미가 없다.

잠깐 멈췄던 걸음을 김인수는 다시 떼었다.

그들의 인연은 여기까지이리라.

*　　　*　　　*

최재철로 얻은 재산을 모두 최재철의 부모에게 증여해 버렸기에, 김인수는 졸지에 무일푼이 되어버렸다. 그는 지금 빈털터리다.

"집 팔았다면서요? 저희 집에 와서 살래요?"

아무리 그렇다고 오연화의 그런 제안에 쫄래쫄래 따라가 기둥서방이 되어버릴 김인수는 아니었다.

"그래서 제 집으로 오신 겁니까."

"응."

김인수는 얼굴에 철판을 깔고 고개를 끄덕였다. 상대는 말할 것도 없이 구문효였다.

"이틀 정도만 신세질게. 지금 호적상으로는 김인수는 행방불명된 채 사망 처리 된 인물이라서. 돈이 있어도 집을 못 사. 뭐, 지금은 내 호주머니에 한 푼도 없기도 하지만."

"뭐, 물론 저야 좋지만요."

김인수가 되어버린 그를 서먹해한 지 얼마 되지도 않았는데, 구문효는 사람 좋게 웃어보였다.

"뭐, 행정 처리가 다 끝나면 김인수로 완전히 부활하게 될 거야. 그럼 틈새 차원에서 가져온 황금을 환전할 수도 있게 될 테고, 집도 살 수 있게 될 테니. 그렇게 되면 너한테 이렇게 폐 끼칠 일도 없게 되겠지."

"그건 좀 아쉽네요. 그냥 여기서 평생 사셔도 되는데요."

"아니, 그럴 생각은 없어."

김인수는 그렇게 대답하곤 구문효가 만들어준 계란 볶음
밥을 입안 가득히 퍼 넣었다.

　예전에도 느낀 거지만, 아예 이렇게 집에 찾아와 직접 대접
을 받아보니 확실히 알았다. 구문효는 서비스가 너무 과했다.
이런 집에서 계속 얹혀살다간 순식간에 혼자선 집 문도 못 여
는 인간이 되어버릴 것 같았다.

　"너랑 결혼할 여자가 부럽군."

　"그렇다고 저한테 청혼하시면 안 돼요. 받아버릴지도 모르
니까."

　"너, 그런 농담 듣는 건 싫어하는 주제에 직접 하는 건 좋
아하는 것처럼 보이니까 조심해."

　구문효는 하하 웃었다. 농담이라고 생각한 모양이었다. 그
웃는 얼굴에다 대고 정색하고 진담이라고 말해주는 것도 뭐
해서, 김인수는 그냥 계란 볶음밥이나 마저 먹었다.

＊　　　＊　　　＊

　소상뱅의 은신처. 사실 이제 조상평 일당도 더 이상 은신을
할 필요도 없고 그들도 여기서 사는 것도 아니지만, 이 장소
는 여전히 에스파다 도 오르덴과 유곽희의 약속 장소로 쓰이
고 있었다.

"세상에 이런 일이 있을 거라고는 미처 상상도 하지 못했어요."

유곽희는 쓴웃음을 지으며 말했다.

"설마 인규의 형님께서 살아계셨을 줄이야."

에스파다 도 오르덴의 정체가 김인수라는 건 유곽희에게는 지금 처음 밝히는 것이다. 딱히 밝힐 기회가 없었다. 그렇다고 굳이 숨겨둘 이유도 없기에, 김인수는 그냥 자신의 본 모습을 드러내고 그녀와 만나러 왔다.

"제 신세가 좀 웃기게 보였을지도 모르겠군요. 혼자서⋯ 아무도 복수해 줄 사람이 없으니 나라도 복수해야 한다고 그렇게⋯⋯."

그렇게 말하는 유곽희의 얼굴은 시뻘겋게 물들어 있었다. 바늘로 찌르면 피가 콸콸 쏟아져 나올 것만 같았다.

명확하게 하자면 유곽희는 김인규와 전혀 상관이 없는 인간이다. 과거에 같은 학교를 다녔을 뿐, 그리고 고백했다가 차였을 뿐인 인간.

그런 인간이 복수를 대리하고자 나섰다. 그것도 맹렬한 복수심에 불타서.

"아니, 나는 네게 고마운데? 네가 아니었다면 이렇게 쉽게 일이 풀리지는 않았을 거야. 어쩌면 내가 복수하기까지 5년이고, 10년이고 걸렸을지도 모르지. 애초에 그 정도 세월은 감수할 각오로 시작한 거였는데, 네가 도와줘서 이렇게 쉽게 해낼 수 있었어."

"…그렇게 말씀해 주시니 감사하네요."

유곽희는 아직도 민망한지 헛기침을 했다.

"그럼 진가규는 완전히 죽은 건가요?"

"그래, '다음 세계'에까지 넘어가서 완전히 죽였지."

김인수는 이를 드러내며 웃었다.

"네 몫은 남기지 않고 완전히, 내가 혼자서 깨끗하게 먹어치웠어. 이건 좀 미안하군."

"그 '식은 음식'은 원래부터 당신이 드셔야 했던 거였어요. 제가 주제에 맞지 않게 나섰던 거였죠."

그래도 아쉬운 듯, 짧은 한숨을 내쉰 후에 유곽희는 다시 입을 열었다.

"역시 진현우의 원본도 당신이 처리하셨던 거로군요. 그럼 박기범도?"

"온 날 바로 죽였지. 날 살인죄로 신고할 건가?"

"설마 그럴 리가요. 박기범은 진가충을 죽인 후 투신자살했는걸요."

재미있는 농담이라도 들은 것처럼 유곽희는 쾌활하게 웃었다.

"그렇게 따지면 저도 진가충을 죽였는걸요. 그리고… 사실

사죄드려야 할 일이."

"응? 뭐지?"

"김전훈은 제가 죽였어요."

"뭐?"

의외의 발언에 김인수는 눈을 휘둥그레 떴다.

김전훈은 김인규를 괴롭힌 4인 중 하나다. 김인수는 그를 온몸의 뼈를 박살내기만 하고 살려두었는데, 그런 그를 유곽희가 죽였다니.

놀란 김인수의 시선을 유곽희는 민망한 듯 피했다.

"그냥… 박기범도, 오원추도, 진현우도 죽었는데 김전훈만 살아있다는 게 마음에 안 들어서 충동적으로 그만. 제 입김이 닿는 WF 계열의 병원에 입원해 있길래 의료사고를 위장해서 죽였죠."

"그렇군."

김인수는 고개를 끄덕였다. 전혀 몰랐다. 하기야 언론 보도도 유곽희가 막았을 거고, 그 뒤로 김인수 본인이 김전훈 문병을 갈 것도 아니었으니 알 도리가 없긴 했다.

"화 안 내시나요?"

김인수의 덤덤한 반응이 생각 외였던지, 유곽희가 조심스레 물었다.

"난 그저 내 손으로 사람을 죽이는 걸 피하고 싶었을 뿐이니. 차라리 고마워해야 맞겠군."

"의외로군요."

이번에는 유곽희가 눈을 휘둥그레 뜰 차례였다.

"저라면 돌아오자마자 전부 다 죽이고 시작했을 텐데."

"뭐, 내 경우에는 정보도 부족했고. 괜히 주목받고 싶지 않았어. 김인규를 괴롭혔던 4인방을 차례차례 죽였다면, 김인규의 관계자가 돌아왔다고 광고하는 거나 마찬가지였으니까."

"그건 또 그렇겠군요."

유곽희는 납득한 듯 고개를 주억거렸다.

"어쨌든… 아버지를 복권시켜 주셔서 감사합니다. 현오준 사장에게서 들었어요. 에스파다 도 오르덴께서 언질을 주지 않으셨다면 저희 아버지도 WF의 협력자로 처벌받았을지도 모른다고."

"그건 내가 한 게 아니야. 그저… 처벌 대상자를 진가규에게서 작위를 받은 인간으로 한정한 것뿐이니까."

진가규는 오로지 어벤저들에게만 작위를 내렸다. 그리고 유곽희의 부친인 유연학은 어벤저가 아니었다.

인위적으로 차원력과 어벤저 스킬을 부여하는 기술을 갖고 있음에도 불구하고, 대외적으로는 진가규의 친구라고 알려진 유연학이 이런 기술의 혜택에서 완전히 제외된 건 조금 의외였다.

어쨌든 유연학은 그런 혜택에서 완전히 배제된 덕에 국가 반역죄의 처벌 대상에서는 벗어날 수 있었다.

"그리고 네가 직접 네 어벤저 부대를 이끌고 육군 본부를 탈환해 준 공로도 있으니, 네 아버지가 진씨 일가의 편이라고 생각한 인간도 없어진 거지. 내가 무슨 말을 한들 여론이 안 좋아지면 정부도 처벌을 할 수밖에 없어졌을지도 모르니, 네가 네 아버지를 네 손으로 살린 거라고 보는 게 옳을 거야."

"그건 오르덴께서 명하신 바대로 행한 것뿐입니다만."

"행동한 건 너잖아?"

만약 유곽희가 육본의 탈환에 실패하고 진가염의 의도대로 폭격이 이뤄졌더라면 피해는 기하급수적으로 늘어났을 터였다. 그렇다고 진가염이나 진가규의 운명이 바뀌지는 않았겠지만, 침몰하는 배에 휘말려드는 인간은 적을수록 좋다.

그런 의미에서 그녀는 꽤 큰 공로를 세운 셈이다.

"뭐, 그래도 WFF는 국영화되는 건 못 막았지. 사실 난 막을 생각도 없었지만."

유연학의 WFF는 물론, 다른 모든 WF 계열사는 국영화 절차를 밟았다.

진가규로부터 작위를 받지 않은 일반 사무직 직원들은 소속만 바뀌었을 뿐이라 업무가 동결되거나 하는 일은 없었다.

하지만 유연학은 여기에서 예외가 되었다. 아무리 처벌 대상에서 벗어났다고는 하지만 그는 WF의 간부직에 있었기에 퇴직 압박을 받을 수밖에 없었다.

"아버지도 은퇴하실 때가 되어서요. 어차피 계약직이기도 하시고."

그에 대해서는 유곽희도 별로 심각하게 생각하지 않는 듯했다.

"쌓아둔 재산도 많으니 여생은 편안히 보내시겠죠."

"그렇군."

"그보다 오르덴께서는 앞으로 어쩌실 건가요?"

유곽희의 입에서 의외의 질문이 나왔다.

"나야말로 쌓아둔 재산이 많으니, 그런 건 걱정하지 마."

"아뇨, 그거 말고."

"그럼?"

"에스파다 도 오르덴의 정체요."

유곽희의 시선은 진지했다.

"밝히실 건가요? 대중들에게."

"딱히 그럴 필요가 있을까?"

김인수는 가볍게 생각했지만, 유곽희는 고개를 저었다.

"에스파다 도 오르덴의 영향력은 커요. 정치가들이고 언론인들이고 절대 그냥 내버려 둘 리 없을 겁니다. 물론 그들이 진실을 캐낼 가능성은 낮지만, 오히려 그게 더 문제죠."

"에스파다 도 오르덴의 이름을 악용할 거다?"

"어떤 식으로든 이용하려 들 거예요. 상상력으로 가십을 만들어낸다든가⋯ 대역을 내세울 가능성도 크죠."

"너처럼?"

"⋯네."

유곽희는 김인수의 시선을 피하며 대답했다. 당장 유곽희 본인이 아가임을 에스파다 도 오르덴으로 분장시켜 활용한 적이 있었다.

"그 정도까지 할까?"

"하죠."

유곽희는 단언했다.

"본인께선 자각이 없으실지 모르겠지만, 에스파다 도 오르덴이 시민들을 지키며 싸우는 장면은 방송으로 다 나갔어요. 외신에까지 다 나갔죠. 아마 지금 대통령으로 출마하시면 당선이 유력할 정도라고 말씀드리고 싶군요."

"설마 사람들이 그렇게까지 생각이 없을까?"

"사람들이 냉정을 되찾는다면 다르겠지만, 뭔가에 취해 있을 때는 생각이 없어지게 마련이죠."

유곽희는 에스파다 도 오르덴에게서 받은 자신의 철가면을 쓰다듬으며 말했다.

"지금 이 가면에는 엄청난 가치가 있다는 걸 아셔야 해요.

당신은… 그 정도의 일을 하셨으니까요."

거기까지 말한 유곽희는 문득 얼굴을 붉혔다.

"저기, 오라버니라고 불러도 될까요?"

"아니, 갑자기 왜?"

"그냥요. 당신이라고 부르는 건 좀 너무… 무례한 것 같아서요."

무슨 생각을 했는지, 유곽희의 얼굴은 더욱 붉어져 있었다.

"그러도록 해."

"감사합니다."

김인수의 대답에 유곽희는 뭐가 그렇게 감사한 건지 고개를 깊숙이 숙이며 말했다.

"어쨌든 알았어. 그냥 이대로 에스파다 도 오르덴의 정체를 어둠 속에 숨기는 건 별로 안 좋을 수도 있다는 거로군?"

"네. 오라버니… 에게도요."

새로운 호칭이 아직 입에 맞지 않는지, 그녀는 몇 번 입을 뻐끔거린 후에나 말을 이었다. 자기가 그렇게 불러도 되는지 물어본 주제에.

"뵙게 되어 영광입니다."

그러다 갑자기, 맥락도 없이 그런 소릴 했다.

"그 소릴 왜 지금 하지?"

"깜박했어요."

유곽희는 줄곧 팬이었던 스타를 앞에 둔 10대 소녀처럼 수줍게 웃었다.

*　　　　　*　　　　　*

이지희는 줄곧 방 안에 틀어박혀 있었다. 그 방이라는 게 자기보다 어린 오연화네 집의 방이었다는 점은 다소 자존심 상할 만한 일이었지만, 그녀는 자존심을 챙길 여유조차 없었다.

─스승님이 날 속였어!

"아니야."

─나와 다시 만나기가 싫었던 거야, 그래서 모르는 척을 했던 거지!

"아니야."

─날 속인 채, 이용만 한 거야! 지난 세계에서처럼!!

"아니야!"

이지희는 눈을 떴다. 오늘도 꿈을 꾸었다. 무르아냐의 꿈이었다. 무르아냐는 계속해서 그녀에게 속삭이고 있었고, 이지희의 인격을 침식하고 있었다.

이지희가 이제껏 보내온 인생은 그다지 행복한 것은 아니었다.

부모님은 어릴 때 돌아가셨고, 이지희는 삼촌네에서 키워졌다. 삼촌은 이지희를 그다지 좋아하지 않았다. 삼촌도 그녀의 부모가 남긴 유산이 탐이 나서 그녀를 떠맡긴 했지만, 그는 아이를 자기가 생각했던 것보다 훨씬 싫어했다.

그나마 이지희가 학대당하지 않은 건 그녀가 충분히 눈치가 빨랐고, 삼촌도 자신이 나쁜 사람이 되어서는 안 된다고 여겼기 때문이었다. 그래서 둘의 동거는 두 사람 모두에게 불편했다.

그래서 이지희가 아이돌이 되고 싶다고 했을 때, 삼촌은 기뻐했다. 그녀를 숙소 딸린 양성소에다 떠맡기는 대신 비싼 수업료를 매달 내야했지만 삼촌은 기꺼이 부담했다. 그녀의 부모가 남긴 유산에 비하면, 그리 큰 부담도 아니었으리라.

양성소에서의 생활은 고되었지만 내일의 꿈이 있기에 견딜 수 있었다. 아이돌이 되는 그날을 위해서 그녀는 그 나이 대 여자아이에게는 분명 가혹한 훈련과 다이어트를 명목 삼은 빈약한 식단을 감내했다.

그리고 마침내 데뷔가 결정되었고 음반도 냈지만 그녀는 뜨지 못했다. 사장은 그녀에게 '스폰서'를 강요했고 그녀는 거절했다. 그걸로 끝났다. 이루지 못한 꿈을 위해 쌓여진 고난은 그저 거품일 따름이었다.

이게 이지희가 보내온 과거이고, 일생이었다. 고통과 좌절의 세월이었다. 그렇게 20년을 보낸 그녀는 자신을 좋아하는 법조차 잊고 있었다.

되돌아보면 흑백으로 밖에 떠올릴 수 없는 이지희의 과거에 비해, 무르아냐의 꿈은 그녀가 보기엔 총천연색과도 같았다.

이지희와 달리 무르아냐는 성공했고 꿈을 이뤘다. 자신의 재능을 발견하고 다듬어가 꽃피운 무르아냐는 영웅이 되었다.

무르아냐가 이루지 못한 거라고는 사랑 정도였다.

사랑……

"스승님……."

이지희에게 있어서 스승님은 최재철을 가리키는 단어였다. 무르아냐는 이미 사랑을 잃었지만, 이지희는 사랑을 하고 있다. 그녀의 사랑은 현재 진행형이었다. 그랬기에 이지희의 인격이 무르아냐를 압도하고 있었다.

하지만 이것마저 조건이 동등해진다면, 그녀가 이지희로 남아야 할 이유가 무엇일까. 아직은 이지희인 그녀는 그 이유를 찾을 수가 없었다.

매일매일 이지희의 인격은 갉아 먹히고 있었다. 아니, 갉아 먹힌다는 표현은 정확하지 못하다. 그녀는 그저 무르아냐가 되어가고 있을 뿐이었으니까.

똑똑. 문밖에서 누군가가 노크를 했다. 그럴 수 있는 사람은 정해져 있었다.

"언니?"

오연화였다. 이지희에게 있어서는 소중한 동료이자 동생, 친구였다. 동시에 연적이기도 했지만, 이지희 본인은 그 점을 별로 신경 쓰지 않으려고 하고 있었다. 하지만 무르아냐는 오연화에게 노골적인 적의를 드러내고 있었다.

그 적의를 숨기기 위해, 이지희는 이를 꽉 깨물었다. 지금 당장 어벤저 스킬, 아니, 차원 능력을 발휘해 문을 때려 부수고 오연화를 습격해 죽여야 한다고 외치는 무르아냐로서의 그녀를 가라앉히기 위해 이지희는 무진 애를 쓰고 있었다.

"밥 여기 두고 갈게."

음식 그릇을 내려놓는 소리가 들렸다. 그 후, 발걸음 소리는 멀어져 갔다. 현관문이 열리고 닫히는 소리. 자신이 나와서 음식을 가져갈 수 있도록 배려해 주느라 오연화가 외출한다는 걸 이지희는 알고 있었다.

이지희는 문을 열었다. 그릇 위의 요리는 따끈따끈하게 김을 올리는 계란 볶음밥이었다.

"평소에는 라면만 먹는 주제에."

오연화는 평소부터 라면을 달고 산다. 하지만 라면은 오래 두면 식고 불어서 맛이 없어지니 이지희를 위해 굳이 하지도 않았던 요리에 손을 댄 것이리라.

오연화에게 있어서도 자신은 연적일 텐데, 그녀는 이리도 그녀를 위해주고 있었다.

—저 여자는 적이야. 음식에는 독이 들었을 거야.

"아니야."

—먹지 마.

"……."

계란 볶음밥을 한 숟 크게 뜬 이지희는 눈을 꽉 감았다. 정말로 독이 들었을지도 모른다고 생각하는 자신이 혐오스러웠다.

볶음밥에 독은 들지 않았지만, 평범하게 맛은 없었다. 하지만 어제 것보다는 맛있었다. 적어도 계란 껍질은 들어있지 않았으니까.

오연화가 요리를 못한다는 건 잘 알고 있었다. 그녀도 나름 노력한 것이리라.

이지희의 눈에서 눈물이 뚝뚝 흘러내렸다. 연하의 동거인은 사랑스러웠다. 아이돌 연습생 시절 함께 했던 언니와 동생들보다도, 오연화가 더욱 사랑스러웠다. '스승님'에 대한 마음조차 이지희를 지탱해 주지 못하는 지금, 오연화만이 이지희를 지탱시켜 주고 있었다.

하지만 이것으로 언제까지 버틸 수 있을까.

이지희는 자신이 없었다.

*　　　　*　　　　*

　─스승님은 모든 걸 알고 계셔. 내가 스승님을 사랑한다는
것도, 내가 지구에 와서 이지희라는 인간이 된 것도……. 그런
데도 모르는 척을 하는 이유가 뭘까?

　─스승님에게는 내가 필요했어, 내 힘이. 복수를 하기 위해.
그건 기뻐. 하지만 필요한 건 내 힘뿐이었고, 내 마음은 부담
이 됐던 거야.

　─날 이용하기 위해서 일부러 모르는 척을 한 거야. 내 힘
만을 이용하기 위해. 내가 무르아냐란 걸 안다고 말하면 내
마음에 대답해야 하니까.

　─나는 또 차였어……. 한 번 차여서, 죽어서 다시 태어났는
데도 또 차였어…….

　다시 눈을 떴을 때, 그녀는 무르아냐였다.

　이지희의 기억은 남아 있다. 그녀의 인격은 조금도 손상되
지 않았다. 그러나 지금 그녀는 자신이 무르아냐라고 생각하
고 있다. 그러브로 그녀는 무르아냐였다.

　깊은 절망과 고독, 슬픔으로 눈물은 쉼 없이 흘러나왔다.

　─다시 한 번, 해볼까. 다시 한 번 차원 틈새로 넘어가서, 계
약을…….

―아니, 무의미해. 다시 이용당할 뿐이야. 이용만 당할 뿐인 내 인생······.

―왜 이렇게 됐지? 이러려던 게 아니었는데······.

무르아냐의 넋두리는 계속해서 이어졌다.

―아니, 이건 내 탓이 아니야.

그녀의 생각이 나아가던 방향이 바뀌었다.

―날 이용하려던 사람들이 나빠.

그녀의 가슴속을 휘저어놓고 있던 감정들 중에, 분노가 섞였다. 그러자 그녀의 가슴속은 소용돌이치기 시작했다.

―사장님이 나빠. 실장님이 나빠. 주인님이 나빠.

그녀의 기억은 이미 이지희의 것과 무르아냐의 것이 뒤죽박죽이 되어가고 있었다. 그래도 상관없었다. 그녀는 이미 무르아냐였고, 더 이상 자신이 누구인지에 대해서는 고민하지 않았다.

―스승님이 나빠.

그리고 그녀는 결론에 도달했다.

―이용할 대로 이용해 놓고, 그럴 필요가 없어지니까 날 버렸어!

그녀는 그 자리에서 벌떡 일어났다. 그녀의 가슴속을 점령하는 감정은 더 이상 슬픔이나 고독, 절망 따위가 아니었다.

―복수해 주겠어.

분노가 그녀의 주인이 되었다.

"복수를!"

무르아냐의 목소리가 작은 방에 울려 퍼졌다.

그 순간, 현관문이 닫히는 소리가 났다. 오연화가 돌아온 것 같았다. 무르아냐는 곧 숨을 죽였다.

'저 꼬마 여자애는 스승님이 꽤나 아꼈었지. 그럼 일단 저 여자애부터 죽여야지.'

확실한 살의가 무르아냐의 가슴속에서 피어올랐다.

그러나 다음 순간, 그녀는 자신의 살의를 숨길 수밖에 없어졌다. 오연화와 함께 들어온 다른 인기척을 인지했기 때문이었다. 아니, 인기척뿐만이 아니었다. 거대하고 묵직한 차원력의 덩어리. 그것은 분명 그녀의 스승만이 가질 수 있는 규모의 차원력이었다.

'이길 수 없어!'

도망쳐야 한다고, 무르아냐는 반사적으로 생각했다. 창문을 깨서 뛰어내리면 된다. 자신의 실력이라면 이 건물 옥상에서 떨어져도 털끝하나 다치지 않을 것이다. 그렇게 확신한 그녀는 망설임 없이 창문을 향해 몸을 날렸다.

"억!"

그녀는 통유리로 된 창문에 부딪혀 튕겨 나온 후 나뒹굴었다. 고층 건물이라 특별히 강도가 높은 유리를 사용한 창이었지만, 그렇다고 신체 강화 능력을 익힌 그녀가 이 정도도 못 깰 리가 없었다. 그녀는 재빨리 몸을 일으켰다.

'도망, 도망쳐야 해!'

그러나 도망칠 곳 따위는 없었다. 굳게 닫혀 있을 터였던 문이 열리고, 그가 들어왔다.

"어디 가려고 그러냐?"

그녀의 스승이었다.

"스, 스승님."

창문을 깨지 못한 건 그녀의 스승이 차원 단절을 걸었기 때문이다. 아무리 신체 강화 능력으로 근력과 내구력을 강화한다 한들 소용이 없을 만도 했다. 스승보다 차원력이 높지 않은 이상 스승이 만들어놓은 차원 단절을 깨려야 깰 수 없었다.

"가자."

"어, 어디로요?"

"연화가 같이 영화를 보러 가자고 하더구나."

그녀의 스승은 그렇게 말했다. 방금 그녀가 창을 깨고 도망치려고 했던 걸 알면서도 아무 일도 없었다는 듯, 그의 표정과 목소리는 평소와 다름없이 평온했고 또 달콤했다.

*　　　　*　　　　*

―스승님이 무슨 생각을 하시는지 모르겠다.

무르아냐는 생각했다.

무르아냐는 김인수의 손에 끌려 나와 오연화와 함께 영화를 보고 나오는 길이었다.

옆에서 재잘거리는 연적은 지금이라도 당장 치워 버리고 싶은 마음이 한 가득이지만, 스승님 앞에서 그런 짓을 할 수야 없었다.

아니, 사실 뭘 하더라도 스승님에 의해 막혀 버릴 가능성밖에 없었다. 그리고 연적에 대한 자신의 공격을 스승님이 막아서는 걸 실제로 보게 된다면, 무르아냐는 그 자리에서 무너져 내리고 말 것이다. 그것이 두려워서 그녀는 아무것도 할 수 없었다.

지금 스승님의 시선도 뭐라고 재잘거리는 연적에게 가 있었다. 그 연적에게 스승님이 시선을 줄 때마다, 가슴 한 구석이 찌릿하고 아팠다.

역시 나는 아직도 스승님을 좋아하는구나, 하고 그녀는 생각했다.

복수하겠다는 마음은 어디론가 녹아 없어져 있었다. 이용당했다는 생각은 없어지지 않았지만, 그건 그것대로 아무래도 좋았다. 더 적극적으로 이용당하고 싶다는 생각만이 그녀를 틀어쥐고 있었다. 오히려 더 이상 이용당할 일도 없다고 생각하면 머리가 이상해질 것 같았다.

그래서 무르아냐는 연적이 두렵고 지금이라도 치워 버리고 싶었다. 하지만 스승님이 내가 아니라 저 연적을 이용할 거라면, 그래서 내가 버려진다면, 난 지금이라도 차라리 죽어버리는 게 낫다고 무르아냐는 생각하고 있었다.

"지희야."

"네, 네!"

갑작스럽게 이름이 불린 탓에, 목소리가 뒤집어져 이상한 소릴 내고 말았다. 무르아냐는 얼굴을 붉히며 자신보다 머리 하나 정도는 큰 스승님의 얼굴을 들여다보았다.

그리고 그제야 자신이 지희라고 불렸다는 것을 알았다.

그렇다고 감히 여기서 나는 지희가 아니라 무르아냐라고 주장할 수 있을 리는 없었다. 그녀에게 있어서 스승님의 말씀은 절대적이었으니까.

이지희라면 꼭 그렇지만도 않았겠지만, 무르아냐에게는 그랬다.

"영화 재밌었냐?"

"아, 네……. 그야 뭐, 제가 좋아하는 영화니까요."

그녀는 이미 여러 번 본 영화였다. 스승님과도 함께 본 적이 있었다.

여자애가 슈퍼 히어로가 등장하는 액션 영화를 좋아하는

건 이상하게 보일 수 있겠지만, 그녀는 이 영화를 좋아해서 10번 가까이도 보았다.

영화 속의 슈퍼 히어로가 될 수 있다면 얼마나 좋을까, 그녀는 종종 생각하곤 했다. 어린애 같은 생각이라는 자각은 있지만, 그런 생각이 들고 말고는 자신의 의지로 조절할 수 있는 게 아니었다.

어쨌든 그녀는 지금, 어벤저가 되어 있다. CG 없이 맨손으로 자동차도 부수고 손에서 전기도 내뿜는 존재가 되었다. 이걸 꿈을 이뤘다고 해야 할까. 뭐라고 해야 할까.

그녀의 진짜 꿈은, 그러니까 현실에서의 꿈은 아이돌이었지만 그건 계약마와의 계약으로 줘버렸으니 이젠 없다.

'그래서 내가 어벤저가 된 건가?'

그녀는 잠깐 생각했다. 손에서 전기를 내뿜는 인간이 되는 '새로운 꿈'을 계약마가 이루어준 것일까. 그녀 본인조차 한동안 잊고 있었던 꿈을.

'앗.'

다음 순간, 그녀는 자신이 이지희로 돌아와 있음을 깨달았다. 지금의 그녀는 무르나냐가 아니었다. 잡아먹었을 터인 이지희의 인격은 어느새 부활해 있었다. 그저 영화 한 편 봤다고 이렇게 된 걸까? 그럴 리는 없었다.

그녀는 놀라서 다시 김인수를 올려다보았다. 김인수는 부드

럽게 웃고 있었다. 그 미소만큼은 최재철의 모습이었을 때와 다를 바가 없었다.

스승님이 자신을 이지희라고 불러주었기 때문에 이지희가 부활한 것이다. 스스로 생각하기에도 얄팍하고 한심하기 그지 없지만, 이것이 사실이었다.

"지희야, 연화야."

"네?"

"아, 네!"

연적이 대답했기에, 그녀도 얼른 이어서 대답했다. 대답이 0.몇 초 늦고 말았다. 그래서 그녀는 풀이 죽었다. 그러나 풀이 죽을 시간도 얼마 없었다. 다음에 이어진 스승님의 말씀이 너무나도 충격적이었기 때문이다.

"나는 이 세계를 떠날 셈이다."

"예?"

"네?"

이번만큼은 두 사람의 목소리가 합쳐졌다.

"내 인생의 목적은 이제까지 복수였어. 오로지 복수뿐이었 지. 가족들을 잃기 전에는 비정규직에서 정규직이 되는 게 꿈 이었다만, 지금 와서 그 꿈을 꿀 수는 없게 되었다. 그래서 나 는 인생의 목표를 다시 설정할 필요를 느꼈어."

"그게 왜 떠나는 게 되는 건가요?"

오연화의 목소리는 가시 돋쳐 있었다. 그런 그녀의 목소리를 들으며 어디서 감히 스승님께, 라는 생각은 들지 않았다. 정신이 하나도 없었다.

―스승님이 떠나신다고?

―또?

―나를 두고?

"그 새로운 목표라는 게 틈새 차원 개척이야."

"틈새 차원 개척이요?"

오연화가 흥미로운 듯 되물었다.

"그래. 이미 지구는 지나치게 틈새 차원의 영향을 많이 받았어. 차원 균형을 위해서라면 그냥 차원 균열을 다 닫아버리는 게 이상적이지만, 지금 와서 그랬다간 지나치게 늙은 차원인 지구가 시들어 버릴 염려가 있거든."

제자들을 이해시킬 만한 문구를 찾는 듯 입술을 몇 번 손가락으로 두드리며 잠깐 생각에 빠져 있던 김인수는 곧 다시 설명을 재개했다.

"한 마디로 보톡스를 한 번 맞으면 계속해서 맞아야 하는 것과 같아. 젊은 틈새 차원의 차원력을 받아들이는 데 익숙해진 지구에게 갑자기 차원력 공급을 끊어버리면 그동안 멈춰 있던 노화가 한꺼번에 일어나서 세계 멸망을 앞당기게 될 거야."

오연화가 이해했다는 듯 아, 하는 소릴 냈다. 그 소릴 들은 김인수는 기분 좋은 듯 후, 하고 웃었다. 그 미소를 이지희는 취한 듯 바라보았다. 그녀는 그 미소가 무르나냐일 때부터 좋았다. 그리고 그 미소가 오연화의 반응 덕분에 나왔다는 사실에 질투했다.

"애초에 지구인들이 자원을 너무 마구 퍼다 썼어. 석탄이나 석유, 이런 것들이 모두 사실은 차원력 덩어리란 말이야. 이런 걸 다 태워 쓰니 지구가 빨리 늙지."

"그랬어요?"

오연화는 화들짝 놀랐다. 이지희는 알고 있었으므로 놀라지 않았다. 그 사실에 이지희는 조금 우월감을 느꼈다. 화석 연료가 차원력 덩어리라는 건 상아탑에서는 초급반에서 배우는 내용이다. 물론 그건 김인수가 가르쳐 준 거였다.

"응. 그렇다고 석탄 씹어 먹거나 석유 퍼마시면 안 된다. 그러면 안 되는 거 알지?"

"절 뭘로 보시는 거예요?"

오연화가 불퉁거렸다. 스승님은 한 번 픽 웃고 이야기를 계속했다.

"물론 지금은 차원 균열이 지나치게 많이 열려 있으니 좀 닫아두긴 해야겠지만, 적당히 균형을 맞추고 난 후에는 지구와 근접한 틈새 차원들로 가볼 셈이야."

김인수의 이어진 발언에, 이지희는 다시 정신이 들었다. 지금은 스승님이 지구를 떠나야 하는 이유에 대해 설명하고 있었다. 사소한 걸로 질투하거나 우월감을 느끼고 있을 때가 아니었다.

"어보미네이션들의 출현을 낮추고 환경을 지구화시켜서 차원 균열들이 지구를 통해 열려 있어도 별 피해가 없도록 해보려고. 뭐, 일종의 테라포밍이라고 해야 할까."

거기까지 말하던 김인수는 문득 쑥스러운 듯 웃었다.

"이렇게 말하면 내가 지구를 위해 봉사하러 가는 것 같지만, 그냥 난 내 차원을 하나 갖고 싶을 뿐이야. 그게 지금 내 인생의 새로운 목표가 되는 셈이지."

—그 목표를 위해 나를, 우리를 버릴 셈인가요?

그렇게 말할 수는 없었다. 어디서 감히, 누구 안전이라고 그런 말을 하겠는가.

오연화의 입에서라도 그 발언이 나와 주지 않을까, 이지희는 기대의 눈빛을 오연화에게 던졌지만, 오연화도 영 풀이 죽어 아무 말도 하지 않고 있었다.

그런데 그런 침울한 분위기를 반전시키는 말은 의외로 스승님 쪽에서 나왔다.

"그래서 말인데. 지희야, 연화야, 나 좀 도와주지 않을래?"

"네?"

"예?"

이번에는 내가 먼저 대답했다, 라고 말할 정신 같은 건 없었다.

"이런 걸 어떻게 혼자서 하겠니. 아, 뭐 틈새 차원에 계속 머무르는 건 아니고 지구에 문 하나 열어놓고 왔다 갔다 하면서 할 거야. 너무 심각하게 생각할 필요는 없어."

"하, 할게요!"

이지희가 외쳤다.

"뭐든지 시켜만 주세요!!"

―아아, 나는 또 이렇게 이용당하고 마는구나.

이지희는 생각했다. 하지만 상관없었다. 누군가가 자신을 필요로 한다는 게 이렇게 기쁘다는 것을 그녀는 무르아냐 시절부터 알고 있었다.

"그럼 저도 가야죠."

오연화가 얄밉게 말했다.

"언니만 보낼 수는 없으니까요."

그렇게 얄미운데도, 오연화에 대한 적의와 살의 같은 건 이제 느껴지지 않았다. 이지희는 버려지지 않았다. 그러므로 오연화 때문에 버려질지도 모른다는 생각을 할 필요가 없어졌다. 절망도 고독도 더 이상 그녀를 괴롭히지 않았다. 그러니 슬픔도 느낄 필요가 없었다.

'진짜 싸움은 틈새 차원으로 넘어간 후부터야!'

그럼에도 불구하고 김인수의 마음을 독차지하고자 하는 무르아냐의 욕망은 아직도 꺼지지 않은 채였다.

＊ ＊ ＊

"언니는 어떻게 된 거죠?"

오연화가 걱정스러운 듯 물었다.

김인수와 이지희, 오연화가 아직 영화를 보러 가기 전의 일이었다.

오연화가 먼저 구문효의 집에 찾아오자, 구문효는 너무 좋아서 미처 날뛰는 수준으로 접대를 하려 했다. 그녀가 찾아온 게 구문효가 아니라 김인수라는 걸 알게 된 뒤로도 구문효의 반응은 별로 바뀌질 않았다.

구문효가 직접 만든 티라미스와 수제 아이스크림으로 구성된 초호화 파르페를 마지못한 척 야금야금 먹으며, 그녀는 김인수에게 이지희에 대해 상담했다.

이지희가 방에 혼자 틀어박히고, 가끔 자신을 죽일 듯이 노려본다고 말이다.

김인수는 이지희에게 무슨 일이 생긴 건지 바로 알아챘다. 그건 김인수에게 있어서도 의외의 사태였다. 아무리 그래도 이지희가 무르아냐의 기억에 먹혀 버리라고는 미처 상상하지 못했다.

　김인수도 다른 전생자를 몇 명 만나봤지만, 이지희 같은 케이스는 드물었다. 그저 별것 없는 인생을 보낸 이들일지라도 자기 자신을 잃어버리는 일은 그리 쉽게 일어나지 않았다.

　전생의 기억에 잡아먹힌 이들은 하나같이 노예거나 그보다도 못한 일생을 보낸 이들뿐이었다. 현생이 정말로 참혹하지 않는 한, 전생의 인격이 현생의 인격을 덮어 쓰는 일은 없다.

　왜냐하면 그 전생이란 건 말 그대로 그저 기억, 데이터에 불과하기 때문이다. 인격도 아니고 영혼도 아니다. 그렇기에 전생의 기억은 의도도 가지지 않으며 다른 아무 의지도 없다.

　그러니 현생을 사는 인간이 그 전생에 잡아먹히는 일은 본인이 그걸 의도하고 원하지 않는 한 일어나지 않는다.

　아니, 전생에 잡아먹힌다는 표현도 명확하게 하자면 틀렸다. 그 본인이 전생의 인격을 '만들어낸다'는 것에 가깝다.

　그런데 이지희가 그런 케이스에 해당되어 버렸을 줄이야.

　"그 아이 본인이 자신의 인생이 노예보다도 못 하다고 생각하지 않는 이상, 일어나지 않는 일이야. 그런데 그 일이 일어나 버리다니."

　"언니가 계약마와 계약할 때 내놓았던 게 잘못됐던 것일지도 몰라요."

　오연화가 말했다.

"언니는 옛 꿈을 줄 테니까 새 꿈을 달라고 했대요."

그 말을 들은 김인수는 그 자리에서 벌떡 일어났다.

"얼른 가자. 시간을 지체해선 안 돼."

"네?"

아직 반이나 남은 특제 파르페에 미련이 담긴 시선을 잠깐 보냈지만, 오연화는 곧 눈을 들어 김인수를 올려다보았다.

"그 아이는 이미 무르아냐가 되어버렸을 거다. 사태가 아예 돌이킬 수 없게 되기 전에 손을 써야 해."

"무르아냐가 누군데요?"

오연화가 무르아냐라는 이름을 모르는 걸 보니, 이지희는 그녀에게 무르아냐에 대해서까지 시시콜콜 털어놓지는 않은 모양이었다. 하기야 지금 중요한 건 그게 아니었다.

"그건 나중에 이야기하지. 지금은 일단 먼저 움직여야겠어."

"네."

오연화는 특제 파르페를 퍼먹던 스푼을 내려놓았다. 그건 아마도 그녀에게 있어선 큰 결단이었을 터였다.

*　　　*　　　*

그렇게 해서 세 사람의 영화관 데이트가 성사되었고, 김인수는 아무한테도 미리 말할 생각이 없었던 미래 청사진에 대해 이지희와 오연화에게 털어놓게 되었다.

그 결과, 이지희는 어찌어찌 절반 정도나마 이지희인 채로 남아 있을 수 있게 되었다. 나머지 절반은 무르아냐의 것으로, 지금은 무르아냐의 신변에 일어난 일도 자신의 일처럼 생각하게 되었겠지만 그거야 어쩔 수 없다.

어쨌든 오연화가 밤에 자다가 이지희에게 목이 잘려 죽을 일은 사전에 방지했으니, 이 정도면 성공이라고 못할 건 아니리라.

정작 죽을 뻔했던 오연화는 자신이 어떤 위기를 무사히 넘겼는지 모르는 눈치지만, 세상에는 모르는 게 더 나은 일들이 잔뜩 있고 이번 일도 그런 케이스에 속한다.

그러므로 김인수는 일단은 이번 일을 그냥 입 다물고 넘어가기로 했다.

"계약 조건으로 꿈을 넘기는 게 그렇게 위험한 일인 줄은 몰랐어요."

대신 오연화는 다른 쪽이 더 신경이 쓰이는 모양이었다.

"그야 그렇지. 꿈이란 건 앞으로의 정체성을 결정하는 요소니까."

"앞으로의 정체성이요?"

"내 미래의 모습이 어땠으면 좋겠다고 바라는 게 꿈이니, 사람의 정체성을 결정하는 중요한 요소 중 하나이지. 그 꿈을 희생해서 이지희가 얻은 힘만 봐도 대충 알 수 있지 않나? 처음부터 A급 어벤저의 차원력을 가지고 시작할 정도의 가치는 있어."

이지희는 처음에는 더 낮은 등급으로 시작했지만, 그건 그녀가 차원력을 제대로 이끌어 내는 법을 몰랐기 때문이었다. 이지희는 김인수가 그녀와 처음 교습소에서 처음 만났을 때부터 시선을 확 끌어당기는 거대한 차원력을 몸속에 품고 있었다.

그것조차도 무르아냐와 그녀의 차원 세포 관리자가 맺은 계약의 산물일지도 모르지만, 어쨌든 이지희 본인도 결코 작다고 할 수 없는 대가를 치렀다.

사람의 꿈에는 그 정도의 가치가 있는 법이다. 적어도 당사자의 정체성을 좌우할 정도의 힘은 있다. 어른이 되어 현실적으로 그 꿈을 이룰 수 없다는 걸 깨닫고 포기한 후라도, 그 꿈을 꾸었기에 나는 나라고 말할 수 있는 근거가 된다.

그런데 이지희는 그것을 지불해 버렸다. 그렇기에 무르아냐의 기억, 무르아냐의 꿈에 그렇게도 쉽게 잠식되어 버린 것이다.

이지희가 계약으로 지불한 대가의 크기를 생각하면, 오히려 그녀가 이제까지 이지희라는 인격을 유지해 온 것이 신기할 정도였다.

그나마 예전에 이지희가 직접 고른 영화를 김인수에게 함께 보자고 권했던 적이 있어서, 그 영화를 다시 한 번 보여줌으로써 위기를 한 번 넘길 수 있었다. 하지만 이것으로 문제가 해결되었다고는 도저히 말할 수가 없었다.

"그럼 전 앞으로 어떻게 하면 되죠?"

"뭘?"

"언니를 대할 때요."

"지희랑 앞으로도 같이 살 생각이냐?"

"물론이죠."

바뀌어 버린 이지희가 기분 나쁘니까 집에서 쫓아내야겠다는 말을 할 법도 한데 그러지 않는 걸 보면, 오연화에게 있어서도 이지희는 이미 소중한 사람이 되어버린 모양이었다.

"이름을 불러."

"이름을?"

"이름도 정체성을 결정하는 중요한 요소 중 하나야. 언니라고만 부르지 말고 지희 언니라고 꼬박꼬박 불러줘. 그게 그 아이한테는 도움이 될 거다."

"네!"

오연화는 굳은 결의라도 하듯, 고개를 끄덕였다. 기특한 것. 김인수는 자기도 모르게 오연화의 머리를 쓰다듬을 뻔했다.

"그래서 무르나냐가 누구죠? 나중에 말씀해 주시기로 하셨잖아요. 그게 그 나중인 것 같은데. 혹시 옛날 여자 친구라든가, 그런 건가요?"

이 말을 할 때의 오연화도 반드시 캐묻고 말겠다는 집요한 결의가 느껴졌다. 그냥 넘어갈 생각은 안 하는 게 나아보였다. 어차피 그냥 넘어갈 생각도 없긴 했지만 말이다.

어쨌든 김인수는 오연화의 머리를 섣불리 쓰다듬지 않은 것을 다행으로 여겼다.

*   *   *

오연화와 헤어져 구문효의 집으로 돌아오자마자, 구문효는 걱정스러운 듯 김인수에게 물었다.

"사저들은 괜찮은 건가요?"

"그래, 너무 걱정하지 말거라. 잘될 거야."

잘될 거란 말은 아직은 잘 안 됐다는 말이나 다름없지만, 구문효는 김인수의 말에 안도한 듯 가슴을 쓸어내렸다.

"귀여운 녀석."

김인수는 그런 구문효의 머리를 못 빈 쓸어주었다. 구문효는 잠자코 그의 손길을 받았다.

"아, 그렇지, 문효야."

이미 이지희와 오연화에게는 말한 자신의 미래 청사진에 대해, 김인수는 구문효에게도 말해야겠다고 결심했다.

현오준 팀 중에서는 현오준만이 이야기를 못 듣는 셈이 되지만, 상관없었다. 현오준은 설령 따라온다고 나서더라도 거절할 셈이었으니까. 그는 지구에서 해야 할 일이 많았다.

괜히 김인수가 본인 소유의 차원 세포에서 캐낸 광석으로 산 TA 한국 지사를 현오준 명의로 돌려둔 게 아니었다. 세상에 공짜가 어디 있겠는가. 받았으면 일을 해야지. 김인수도 물러터진 인격인 건 아닌지라 회사를 넘길 때 현오준에게는 이미 계약서까지 받아두었다.

"저만 두고 가시면 평생 원망할 겁니다, 사부님."

구문효의 입에서 나온 대답은 얼추 예상대로였다. 원망이라는 단어까지 나올 줄은 몰랐지만, 그거야 큰 문제가 아니었다. 어차피 그냥 두고 갈 생각 따위는 없었으니까.

33장

승리 선언

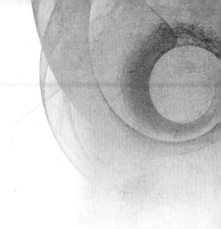

　유곽희의 주선으로 에스파다 도 오르덴의 기자회견이 열리게 되었다. 유연학은 이미 실각했지만 유곽희의 영향력은 아직 사회 전반에 미치는 모양이었다.

　아니, 생각해 보면 에스파다 도 오르덴이 가면을 벗는다는데 기자회견을 마다할 언론 따위는 없었다. 이건 유곽희에게 빚을 지는 게 아니라 오히려 빚을 지우는 상황인 게 맞았다.

　그거야 뭐 어쨌든, 김인수는 오랜만에 에스파다 도 오르덴의 가면을 쓰고 사람들 앞에 나서게 되었다.

　원래 계획은 기자들만 모아놓고 간단하게 인터뷰나 할까 했었는데 유곽희가 판을 크게 벌렸다. 위치는 시청 앞 광장에 TV 생중계는 물론, 헬기까지 떴다. 기자들은 물론이고 일반인들도 모여들어 장관을 연출했다.

에스파다 도 오르덴의 위상이 김인수가 생각했던 것보다 컸다는 걸 잘 나타내는 방증이었다.

"연설까지 할 수 있게 될 줄은 몰랐는데."

김인수는 그냥 가면만 벗고 퇴장할 생각이었지만, 이렇게까지 마이크가 주르륵 달려 있는 단상을 보니 아무 말도 안 하고 가는 게 오히려 실례인 것 같았다. 그렇다고 딱히 준비된 연설문도 있는 게 아니었기에, 그는 잠시 머뭇거렸다.

그가 가면을 쓴 채로 간이 대기실에서 나와 군중 앞에 모습을 드러내자 갑자기 우레와 같은 환호성이 터졌다.

"에스파다 도 오르덴!"

"에스파다 도 오르덴이다!"

"에스파다 도 오르덴!!"

사람들의 환호성은 어느새 구호가 되어, 다함께 에스파다 도 오르덴의 이름을 외치기 시작했다. 아무리 마이크가 있다 한들 그 환호성 앞에서는 모두 묻혀 버리고 말 터였기에, 단상 앞에 선 김인수는 환호성이 잦아들기까지 잠자코 기다려야 했다.

"안녕하십니까, 에스파다 도 오르덴입니다."

소란이 좀 멎은 후 김인수가 그렇게 말하자 다시 와아아아, 하는 환호성이 터졌다.

"이 정도로 환영해 주실 줄은 몰랐습니다. 감사합니다."

김인수는 잠깐 무슨 말을 해야 할지 망설이다가, 그냥 바로 본론으로 들어가기로 했다.

"오늘은 그저 이 가면을 벗고……"

김인수의 말이 다 끝나기도 전에 웅성거림이 커졌기에, 김인수는 잠시 말을 멈추어야 했다.

"…여러분 앞에 제 본모습을 드러내고자 합니다."

이렇게 질질 끌 일도 아니었다. 김인수는 에스파다 도 오르덴의 가면에 손을 대었다.

그때였다.

타앙, 하는 한 발의 총성이 울렸다.

저격이었다. 그것도 파멸탄을 사용한, 어벤저를 상대로 이보다 더 효과적일 수 없는 총격이었다. 혹시나 위력이 부족하면 어쩌나 싶었는지, 대물저격총까지 동원하는 치밀함을 보였다.

"후."

그 총탄을 들여다보며, 김인수는 흥미로운 듯 웃었다.

"꺄아아아아악!!"

한 타이밍 늦은 비명 소리가 시청 앞 광장을 내달렸다. 총성에 놀란 것이리라. 그러나 그럴 필요는 없었다. 그 저격을 실행한 암살자는 지금 허공에 둥실둥실 떠서 버둥거리며 김인수를 향해 날아오고 있었으니까.

김인수가 발동한 염동력 손아귀에 붙잡혀 끌려오고 있는 것이다. 염동력자가 아니라면 그 손아귀가 보이지 않을 테니 그냥 허공을 날아오는 것처럼 보이리라.

"이 에스파다 도 오르덴이 가면을 벗는 자리에서 저격을 당해 목숨을 잃고 역사의 뒷면으로 사라지길 바라는 자들이 있군. 하기야 그게 더 극적이기는 하겠지."

김인수는 냉소했다.

무슨 일이 일어났는지 설명하는 것은 간단하다. 분명히 김인수의 미간을 노렸을 총탄은 허공을 갈랐다. 그가 그냥 버릇처럼 발동시키고 있는 시야 왜곡 능력 덕이었다. 그는 눈에 보이는 것과는 다른 위치에 서 있었다.

"하나 미안하네만 나는 여기서 그런 식으로 내 이야기를 끝낼 생각은 없네."

김인수는 날아온 암살자를 자신 앞에 무릎 꿇렸다. 암살자의 검은 복면을 벗겨내자, 그 맨얼굴이 드러났다.

진가규였다.

그 얼굴은 아직 앳되어 20대처럼 보였지만, 그래서 진현우와도 닮아보였지만 분명 다른 사람이 아닌 진가규였다. 이미 진가규의 30대 시절 얼굴을 한 번 본 김인수는 그가 진가규라는 걸 확신할 수 있었다.

사람들의 표정이 경악으로 물들어가는 걸 감상하며, 김인수는 웃었다.

"가짜로군."

진짜 진가규와는 '등록 코드'가 달랐다. 더군다나 진짜 진가규가 일선에 나와서 직접 저격 총을 들고 나올 거라고는 생각하기 힘들었다. 기껏해야 예비로 만들어둔 클론 정도겠지.

분석 스킬을 대놓고 써도 막아내질 못할 정도로 능력도 별 볼 일 없었고, 분석 결과도 마찬가지였다. 애초에 김인수가 사용하고 있던 시야 왜곡 스킬도 간파 못 한 시점에서 이미 확정적이긴 했지만 말이다.

WF가 국영화 순서를 밟으면서 숨겨져 있던 비밀 연구소도 해체되고 그 산물도 풀려난 탓에, 이 클론 진가규도 기어 나온 것이리라. 배후가 있기야 하겠지만, 제대로 된 배후라면 저격총 하나 달랑 들려놓고 클론에게 직접 저격하라고 시키지도 않을 터였다.

이미 몇 번이고 회귀를 반복한 탓에 상황이 잘못되면 그냥 죽고 다시 시작하는 게 버릇이 된 진짜 진가규의 습성을 생각하면, 진가규 본인이 직접 이 클론을 만들었다고 생각하기는 힘들었다. 진가염이 만약의 경우에 꼭두각시로 내세우기 위해 만들었다는 게 훨씬 말이 되었다.

"아니야! 난 진짜 진가규다!"

김인수의 지적을 들은 클론 진가규는 격분하며 외쳤다. 실로 어린애 같은 반응이었다. 정신면에서 조정이 덜 끝난 것일지도 모른다. 클론 진가염들은 좀 더 완성도가 높았다.

김인수는 그 클론을 향해 코웃음을 한 번 쳐주고는 차갑게 고했다.

"그렇다면 진가규의 죗값도 네가 치러야 하겠군."

김인수의 일침을 들은 진가규 클론의 표정이 그 자리에서 굳어져 버렸다.

김인수는 뒤에서 대기하고 있던 서필지와 아가임에게 절망으로 인해 축 늘어진 진가규를 넘겨주었다. 이미 진짜 진가규의 목을 직접 친 김인수의 입장에서, 진가규의 클론 정도는 복수의 대상에도 들어가지 못했다. 하지만 아마도 유곽희는 이 클론에게 볼일이 있을 터였다.

그런 귀찮은 뒤처리는 유곽희에게 맡기기로 하고, 김인수는 다시 단상에 올랐다.

"제 소개를 하도록 하죠. 이번에는 정식으로."

김인수는 가면을 벗었다. 김인수의 얼굴이 대중들 앞에, 카메라 앞에 드러났다. 사람들의 눈이 모조리 자신에게 향한 것을 느끼며, 김인수는 자기소개를 시작했다.

"이름은 김인수. 본래 지구인이었습니다. 서울에서 비정규직 노동자로 근근이 살아가다가, 사소한 이유로 진가규의 눈에 뜨여 실험체가 되고 말았습니다."

후, 하고 김인수는 짧은 한숨을 내쉬었다. 사람들의 웅성거림이 잦아들기를 기다린 뒤에나, 그는 이야기를 마저 이었다.

"10년 전에 이미 차원 균열을 여는 능력을 갖고 있었던 진가규는 절 억지로 차원 균열 안에 밀어 넣었죠. 저는 10년 동안 틈새 차원에서 어찌어찌 살아남아 힘을 키웠고, 이렇게 지구로 돌아오게 되었습니다."

"그럼 WF를 무너뜨린 건 복수심 때문이었습니까?"

앞줄에 앉아 있던 기자 한 명이 큰 목소리로 물었다. 모두의 시선이 그에게 쏠렸다.

"그렇지 않다고 대답하면 거짓말이 되겠군요. 하지만 그들이 이 차원에, 이 나라에 한 짓은 모두가 이미 알고 있지 않습니까? 그들은 그들의 악으로 인해 무너져 내린 것입니다. 그리고 그들을 무너뜨린 것은 제가 아니라 바로 여러분입니다."

김인수는 강한 어조로 웅변했다.

"WF는 너무나 거대했고 강력했습니다. 저 혼자만의 힘으로는 도저히 무너뜨릴 생각마저 들지 않을 정도로 공고했죠. 그 앞에서 제가 할 수 있었던 것은 한정되어 있었습니다. 제가 할 수 있는 것이라고는 그저 다른 차원에서도 해왔던 일을 하는 것 정도였습니다. 차원의 질서를 지키는 것. 차원 균열을 닫는 것. 그건 제가 해야 할 일이었고, 그래서 전 그걸 했을 뿐입니다."

김인수의 목소리에 열기가 더해졌다.

"그러나 WF의 후원을 받지 않은 새로운 대통령을 뽑은 것이 누구입니까? 여러분입니다. 지금은 사람들이 서울 사태라 부르는 그 시위에 목숨을 걸고 나와 청와대까지 행진한 것이 누구입니까? 여러분입니다. 여러분의 힘이 없었더라면 WF는 결코 무너지지 않았을 것입니다!"

사람들이 김인수를 보는 시선도 뜨거워졌다. 김인수는 그들의 시선을 몸으로 느끼고 있었다. 그러나 그의 입술은 움직이는 것을 멈추지 않았다.

"비록 우리가 뽑은 대통령은 저들의 손에 의해 살해당하고 말았고, 이 나라에는 아직 저들의 영향력이 완전히 없어진 것은 아닙니다. 그러나 여러분은 제국이 도래하는 것을 막고 공화국을 지키는 데 성공했습니다! 여기서 저는 감히 선언하겠습니다. 여러분은… 우리는! 승리했습니다. 악의 도래를 막고, 질서를 지켰습니다!!"

우레와 같은 박수갈채가 쏟아졌다. 환호성이 광장을 메웠다.

아직 한국은 답답한 상태였다. 상처는 치유되지 않았다. 많은 사람이 죽었다. 그 희생으로 인해 우리가 얻은 게 무엇인가. 그 질문에 대답해 주는 사람은 아직까지는 없었다.

그 대답을 김인수가 한 것이다. 스스로는 체감하기 힘들, 누군가가 말해줘야 비로소 실감이 날 대답을.

"이 위대한 승리 앞에 저 개인의 사소한 복수 따위는 그리 중요하지도 않습니다만, 그럼에도 불구하고 저는 여러분께 감사 인사를 올리겠습니다."

김인수는 사람들 앞에 깊이 허리를 숙였다.

"감사합니다."

＊　　　　＊　　　　＊

김인수는 사실 아무것도 기대하지 않았다.

경찰이나 검찰, 판사들에게 도움을 기대하는 건 어불성설이었다. 애초에 그가 어떻게 가족을 잃었는가. 권력과 금력 앞에서 복종하는 이들에게 무엇을 바라겠는가.

언론도 마찬가지이고, 대중들도 마찬가지이다. 언론은 진실을 전하는 대신 돈이 되는 뉴스를 선했고, 그런 언론의 신뢰 앞에 대중들은 놀아났다. 아무도 김인수 일가의 불행에 주목해주지 않았다. 그렇기에 진가규는 그리도 쉽게 김인수의 납치라는 '마무리'를 지을 수 있었다.

그래서 이계에서 돌아온 김인수는 자신의 이름을 숨겼다. 모두가 적이라고 생각한 건 아니지만, 누구나 자신의 적이 될 수 있을 거라고 생각했기 때문이다.

그렇기에 그는 최재철에게서 이름과 얼굴을 빌리고, 에스파다 도 오르덴의 가면을 쓰고 활동했다. 그리고 확실히 자신의 편이 되어줄 사람들을 찾았다.

이지희, 현오준, 오연화, 구문효.

그들은 분명 김인수에게 큰 도움이 되었다. 그들이 없었더라면 결코 복수하는 것은 불가능했으리라. 그러나 그들의 힘만을 빌려서 복수에 성공할 수도 있었을 것이라는 생각도 틀렸다.

유곽희와의 접촉은 김인수가 예상할 수도 없었고 의도할 수도 없었던 변수였다. 그리고 그 변수는 그에게 크게 유리하게 작용했다. 그러나 유곽희에 의한 WF 내부에서의 내응조차도 결정적인 것은 아니었다.

결정적이었던 것은 저들의 호응이었다.

김인수가 가장 믿지 않았던 사람들. 한국 사람들, 대중들!

여론은 힘 있는 자들의 의도대로 휘둘리고 좌지우지된다고 생각했다. 김인수가 경험한 바에 따르면 이제까지 그래 왔기 때문이다.

그러나 명백히 드러난 악의 앞에서 사람들은 일어났다. 행동으로 보여주었다. 기대조차 하지 않았던 이들이 우군이 되어주었다. 심지어 목숨까지 걸고!

그렇기에 김인수는 적들을 끝까지 몰아붙이고, 진가규의 목을 베어 넘길 수 있었다.

"감사합니다……. 감사, 합니다."

그렇게 재차 감사의 말을 전하는 김인수의 두 눈에서는 뜨거운 눈물이 흐르고 있었다.

세상은 결코 자신의 편이 되어주지 않으리라고 생각한 남자를 향해, 세상은 환호하고 있었다.

34장

개척자

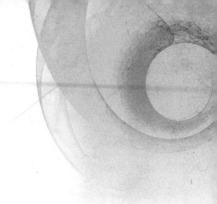

　아프가니스탄의 차원 균열을 닫는 작업은 결코 녹록하지 않았다.

　헬필드 바깥까지 기어 나온 어보미네이션들을 현대 병기로 일소하고 어벤저로 이루어진 부대를 헬필드로 투입해서 주변 정리를 마친 후, 최정예 부대로 차원 균열에 돌입해서 '보스'를 처치하는 일련의 작업은 다른 지역에서도 똑같이 해왔던 것이지만, 이 지역에서는 유독 피곤하고 힘들었다. 결국 김인수가 직접 나서야 했으니 말이다.

　어쨌든 김인수가 투입된 후로 작업은 일사천리로 진행되어,

아프가니스탄 지역의 차원 균열도 적절한 숫자로 줄어들었다. 남아 있는 차원 균열은 이 지역에 사는 사람들이 자체적으로 감당할 수 있으리라. 어보미네이션 시체가 일종의 자원이 되어버린 이상, 여기 군벌들도 자신들의 이익을 위해 적극적으로 차원 균열 관리에 나서줄 것이다.

"이 정도면 됐겠군."

김인수는 한숨을 토해내며 말했다.

"이제 갈 수 있겠어."

오래전부터 계획해 오던 일을 실행할 때가 왔다. 김인수의 혼잣말이 지닌 숨은 뜻을 알아차린 이지희, 오연화, 구문효가 그에게 의미심장한 시선을 던졌다.

*　　　*　　　*

김인수의 향후 계획에 대해서는 현오준도 이미 알고 있었다. 사실 이젠 모르는 사람이 없을 정도였다.

한국의 내로라할 정재계 인물들은 자신들에게 큰 영향을 끼칠 에스파다 도 오르덴, 김인수의 향방에 대해 엄청나게 신경을 썼다.

재계에서 보자면, 현대의 자원이라 일컬을 수 있는 어보미네이션의 시체를 확보할 수 있는 김인수는 20세기 후반에 석유를 손에 쥔 중동왕국의 국왕과도 비견할 만했다. 한때 WF가 그랬듯, 에스파다 도 오르텐은 마음만 먹으면 간단하게 재계 순위에 이름을 올릴 수 있었다.

정계 쪽에서도 마찬가지였다. 서울 사태 때 이름을 크게 올리고, 그 후로도 별다른 결점 없이 활약해 온 김인수에 대한 대중의 반응은 아직까지도 아주 좋았다. 아니, 오히려 더 좋아졌다고 봐도 될 정도였다. 그 국민적 호감을 바탕으로 정당을 창당하면 선거에 어떤 영향을 미칠지, 그 누구도 정확히 예상할 수가 없었다.

비단 한국에서만 그런 것도 아니다. 강력한 어벤저는 국제 정세에까지 영향을 미친다. 어중간한 재래식 병기로는 제압은 커녕 도리어 반격을 두려워해야 할 신시대의 군사력이다. 그리고 지금 이 시점만 두고 따지자면 지구라는 차원에서 김인수보다 강력한 어벤저는 없었다.

이렇게 주변의 시선이 자신에게 집중된 상황에서 쓸데없는 포섭 시도나 견제, 암살 위협에서 벗어나기 위해서는 김인수가 앞으로의 행보에 대해 확실히 밝힐 필요가 있었다.

에스파다 도 오르텐의 가면은 벗었지만, 김인수는 앞으로도 질서의 검으로서 움직이길 천명했다. 지구의 차원 질서가 어느 정도 회복된 후에는 틈새 차원으로 향할 것이라는 대답은 모두를 만족시킬 수 있는 것은 아니었지만, 그래도 불만을 살 만한 것도 아니었다.

김인수가 자신의 목적을 이루기 위해서는 최적의 답이라고도 할 수 있었다.

지난 2년간, 김인수는 지구 곳곳을 돌아다니며 차원 균열을 닫았다. 혹시나 자신들의 자원줄인 차원 균열마저 닫지 않을까 전전긍긍하던 각 국가도 이대로 두면 지구라는 차원이 붕괴해 버릴지도 모른다는 위협과 모든 차원 균열을 닫지는 않을 것이라는 회유를 받아들여 김인수와 그의 특수부대인 '어스름'에 협조했다.

그런 와중에도 마찰과 갈등이 없었던 것은 아니었다. 이 2년 동안의 세월에 대해 김인수는 군대를 다시 한 번 다녀온 것 같은 기분이라고 회고했다.

어쨌든 지금에서야 다 지난 일이다. 김인수는 정해진 숫자의 차원 균열을 닫았고, 남은 차원 균열들은 각국이 감당할 수 있을 것이다.

이로써 지구에서의 그의 일은 이제 끝났다. 그러니 이제 떠날 수 있게 되었다.

틈새 차원의 개척을!

*　　　　*　　　　*

"저도 같이 갔으면 했는데요."

현오준이 삐친 듯 말했다.

김인수는 웬디의 차원 세포로 연결된 차원 문 앞에 서 있었다. 이미 모든 준비가 끝났다. 그의 뒤를 이지희, 오연화, 구문효가 따를 것이다. 현오준은 그들의 마중을 나온 것이다.

마중을 나왔음에도 아직 미련이 남은 건지, 아니면 좀 더 단순하게 자기 혼자 남겨지는 것이 불만인지 별로 좋은 표정을 짓고 있지는 않았다.

"지구에 남아줄 사람이 필요합니다."

"그건 알고 있지만 말이죠."

김인수의 말에 현오준은 툴툴거렸다.

"결혼도 하셨잖습니까?"

요 2년 새, 어스름에 참가하지 않고 서울에 남아 있던 현오준은 결혼까지 했다. 상대 여성은 기자로, 현오준이 회귀하기 전에 친밀한 관계였던 여성이라고 했다. 비록 그동안 복수에 집중하느라 연애 같은 건 신경도 쓰지 않았던 현오준이었지만, 원래부터 상성이 좋았던 건지 이번 생에서는 별 인연도 없었던 그녀와도 급속히 가까워져 결혼에 골인하게 되었다.

"그래서 하는 소리입니다."

현오준은 웃으며 말했다. 아직 결혼 1년 차, 깨가 쏟아지는 게 당연하고 실제로도 그런 부부 사이였다. 그럼에도 불구하고 자신보다 나이가 많지만 아직도 미혼인 김인수를 배려라도 하는 건지, 현오준은 자주 이런 식으로 너스레를 떨었다.

"사람 손이 부족해지면 언제든 말씀하십시오. 바로 달려갈 테니까요."

"뭐, 그런 일이 없길 바라죠."

"왜 그런 말씀을 하시는 겁니까?"

"그야 제수씨한테 한 소리 듣는 건 제가 될 테니까요."

"좀 들으면 어때서!"

거기까지 말한 현오준은 픽 웃었다. 김인수도 후, 하고 한숨처럼 웃었다.

"이걸로 끝은 아니죠?"

"당연하죠. 연화가 못 버틸 겁니다."

"왜 거기서 제 이름이 나오죠?"

뒤에 있던 오연화가 입술을 삐죽거렸다.

"그야… 너 거기선 게임도 못 할 텐데."

"됐어요. 알아요. 그만하죠."

김인수가 시작하기도 전에 항복 선언을 하는 오연화를 보며, 이지희와 구문효가 동시에 웃음을 터뜨렸다. 오연화가 째려보자마자 구문효는 바로 웃음을 그쳤지만, 그거야 늘 있는 일이었다.

요 2년 사이, 이지희와 오연화는 확실히 친해졌다. 이제는 무르아냐 특유의 강렬한 질투심은 많이 희석된 것 같았다.

그렇다고 하더라도 오연화가 김인수에게 필요 이상으로 친밀하게 대하면 이지희가 바로 날아오는 건 별로 달라지지 않았다. 그래도 이 정도면 장족의 발전이라 할 만도 하리라.

"그럼 다녀오겠습니다."

"네, 다음에 뵙죠. 오실 때 연락 주십쇼."

김인수와 현오준은 다음 주에 다시 볼 사람들처럼 인사했다. 실제로 그들은 다음 주에 다시 보게 될 것이다.

어쨌든 그렇게 김인수 일행은 지구를 떠났다.

*　　　　*　　　　*

웬디의 차원 세포로 향한 김인수와 그 일행은 곧장 정복 사업에 돌입했다.

틈새 차원의 정복 사업은 초반에는 수월하게 진행되었다. 웬디의 차원 세포에 인접한 차원 세포들은 비교적 규모가 작고, 통합되어 있지 않았기 때문에 각개격파를 하는 형식으로 손쉽게 점령할 수 있었다.

그러나 계속해서 점령전을 벌여 김인수가 군주로 있는 차원 세포의 규모가 커지는 만큼, 전선도 점점 더 길어지고 넓어졌다. 반면 팀의 인원수는 적다 보니 전선에 빈틈이 생길 수밖에 없었다.

이런 빈틈을 메우기 위해 김인수는 자신들이 자리를 비운 후방에 웬디가 만들어낸 차원 괴수들을 배치해 방어에 돌렸다.

그러나 이 방어가 뚫리는 경우도 있었다. 주변 차원 세포들이 경계한 끝에 연합을 하거나 동맹을 맺어 김인수가 상정한 것 이상의 군세로 침입을 해온 탓이었다.

결국 김인수 측이 구사하는 전략의 양상은 침략전에서 방어전으로 변화할 수 없었다. 찾아오는 적들을 맞아 싸워 격멸한 후 도망치는 적들을 따라 추격전을 벌여 쳐들어가 세포를 탈환하거나 적들의 세포를 점령하는 식의 수법이었다.

새로운 전략은 효과적으로 작용했으나 주도적으로 움직일 수 없게 된 만큼 점령 속도가 느려졌고, 적들도 반격을 우려해 쉽게 쳐들어오지 못하게 되어 결국 지루한 대치전으로 양상이 바뀌어갔다.

일주일에 한 번씩은 지구로 돌아갈 생각이었지만, 상황이 이렇게 되다 보니 틈새 차원에 머무르는 시간도 길어지기 시작했다.

웬디가 생성한 차원 괴수가 있다고는 하지만, 4명밖에 되지 않는 어벤저가 자리를 비우면 그만큼 전력 누출이 심해지니 어쩔 수 없었다. 그나마 보급도 겸해서 교대로 지구를 다녀오는 게 고작이었다.

이러는 사이에 세월은 훌쩍 갔다. 지구와 달리 밤낮이 뒤섞인 세계인 틈새 차원인지라 체감은 더욱 가지 않았다. 더욱이 젊은 차원력으로 가득 찬 이 틈새 차원에서 지구인은 잘 늙지도 않았다.

미성년자였던 오연화는 쑥쑥 커 성인 여성의 모습이 되어 있었지만, 이미 성인인 김인수와 이지희, 구문효는 신체 나이로는 한 살 정도 먹었을까 말까한 정도였다. 오연화가 자라지 않았다면 이렇게 세월이 많이 지났음을 알아차리지도 못했을지도 모른다.

5년이라는 세월을 틈새 차원 개척에 쏟아, 김인수는 드디어 지구와 인접한 차원 세포들을 모조리 점령하는 것에 성공했다.

＊   ＊   ＊

"이제 다 이뤘구나."

김인수는 한탄과도 같이 말했다. 이 틈새 차원 전부를 손에 넣을 생각은 처음부터 하지 않았다. 아무리 이 틈새 차원이 신생 차원이라 지구에 비해 작다고 한들, 여기의 수많은 차원 세포를 전부 점령하겠다는 건 세계 정복을 하겠다는 것이나 다름없는 망상이었다.

지금도 김인수가 점령한 차원 세포들은 지구와 인접한 길쭉한 형태를 취하고 있었다. 이제는 세포라는 이름으로 부르기에는 너무 거대해져 버렸기에 다른 명칭이 필요할지도 모른다.

"차원 가지라고 하죠."

의견을 물었더니, 이지희가 그런 제안을 했다.

"차원 가지?"

"네. 세포는 모여서 생물의 지체가 되잖아요? 그런 지체 중 대표적인 것이 나뭇가지죠. 그래서 차원 가지. 형태도 닮았겠다, 괜찮지 않아요?"

"그렇군. 괜찮은 것 같은데?"

그렇게 김인수가 점령한 차원 세포의 연방체는 차원 가지로 명명되었다.

재미있는 것은 이런 현상이 일어난 게 김인수 소유의 차원 가지만이 아니라는 점이었다. 김인수와 대립하던 주변 차원 세포들의 연합과 동맹도 5년이 지나는 동안 어느새 단일 군주가 군림하는 차원 가지로 성장해 있었다.

이미 지구 주변의 차원 세포들을 통합하여 지구화시킨 김인수는 세력이 커진 여타 차원 가지들과 대립할 명분이 없었다.

그저 일개 어보미네이션이었던 다른 차원 세포의 군주들도 차원 가지의 군주로 옹립된 것을 계기로 상위 존재로 진화해, 이성을 갖춘 교섭이 가능한 상대가 되어 있었다.

그런 차원 가지의 군주들과 김인수는 휴전협정과 불가침조약을 맺었다.

그들은 혼쾌히 교섭에 임했다. 자신들이 양면 전쟁으로 전선을 길게 늘여놓고 지연작전을 통해 시간을 끌어서 지금까지 버틸 수 있었던 거지, 김인수가 마음먹고 적극적인 정벌 전쟁을 벌이면 승산이 없다는 것을 잘 알고 있었기 때문이었다.

주변 차원 가지와 김인수의 차원 가지 사이에 바다를 놓아 가름으로써, 조약은 효력을 발휘했다. 물론 지형을 뒤바꾸는 이 작업에는 많은 차원력이 소비되었지만 동맹과 연합이 상당 부분을 부담했기 때문에 김인수와 웬디에게는 그리 큰 부담은 아니었다.

이로써 일단 전쟁이 끝났다. 연합과 동맹은 아직 서로 대립하고 있었고 김인수라는 공통의 적이 사라진 이상 그들끼리의 또 다른 전쟁이 일어날 가능성이 지대했지만, 그거야 김인수가 알 바는 아니었다.

"차원 가지가 여럿이라면 우리를 자칭할 명칭이 따로 필요할 것 같은데요."

오연화가 말했다. 맞는 말이었다.

"연합과 동맹이 이미 있으니, 제국 어때요?"

"제국은 싫어."

김인수는 딱 잘라 거절했다. 진가규를 죽인 지 10년이 지났지만 아직까지도 진가규에 대한 반감은 완전히 사라지지 않았다.

"그냥 하던 대로 연방이라고 하지."

훗날 지구인들은 지구의 영연방이나 미합중국과 구별해 차원 연방이라 부르게 되는 곳의 이름이 이때 명명되었다.

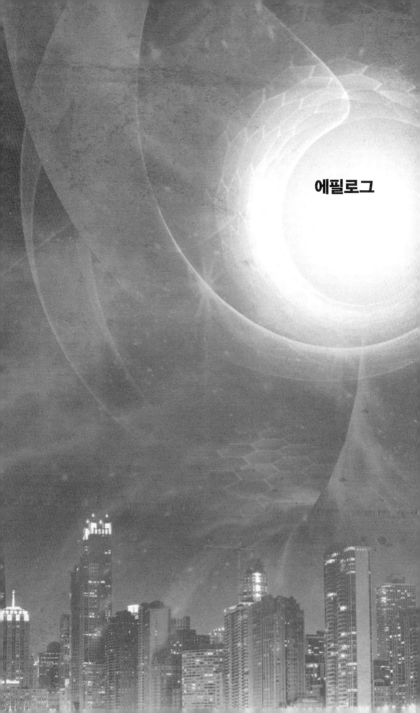

에필로그

가족을 잃은 남자가 있었다.

그는 세상에 혼자 남겨지는 것조차 모자라, 아예 이계로 추방까지 당했다. 그러나 그는 돌아왔고, 자신의 가족을 죽음으로 내몬 원수를 파멸로 이끌었다.

그는 하려고 했던 모든 일을 해냈지만, 그럼에도 모든 것을 되찾을 수는 없었다.

사실 누구나 그렇다. 설령 원수에게 부모를 살해당하지 않는다 한들 결국 누구나 혼자가 된다. 보통은 부모를 먼저 보내게 마련이며, 형제나 자식과 헤어지는 일도 있게 마련이다.

시간의 흐름은 그리도 잔혹하다. 사람을 혼자 남기기 위해서만 움직이는 것 같은, 거스를 수 없는 힘. 그 힘에 저항해 혼자가 되지 않는 방법은 결국 하나밖에 없다.

스스로 움직여서, 누군가의 손을 잡는 것.

*　　　　*　　　　*

"이제 어떻게 하실 거예요?"

이지희가 김인수에게 물었다.

"어떻게라니?"

"모든 걸 다 이루셨잖아요."

"뭐, 이번 목표를 이뤘으면 다음 목표를 설정해야지."

"그게 뭔데요?"

"아직 안 정했어."

김인수는 한숨을 푹 내쉬었다.

이제까지 해낸 일에 대한 달성감이 없다고 하면 거짓말이 될 터였다.

그는 이계로 쫓겨났지만 돌아오는 데 성공했고, 자신을 쫓아내고 가족들을 죽음으로 몰아넣은 진가규를 말살하는 데도 성공했다.

그런 데다 멸망을 앞둔 거나 다름없었던 지구라는 차원을 안정세로 돌려놓았고, 지구와 인접한 틈새 차원의 차원 세포도 점령해 연방도 일궈냈다.

지금은 연방의 세포들에 테라포밍을 실시하고 있다. 차원 균열이 열려 있는 지구에 안정성을 더하기 위한 방책이기는 하지만 다른 용도도 생각해 볼 수 있다.

지금 당장은 지나치게 강한 차원력 때문에 어느 정도 이상의 능력이 되지 않는 어벤저가 아니라면 살아남기 힘든 환경이지만, 틈새 차원의 테라포밍이 진행되면 언젠간 여기도 지구인들이 와서 살 수 있는 땅이 될 것이다.

만약 지구에 운석이 와서 충돌하거나 하는 일이 생겨도, 인간이라는 종을 유지시키기 위한 보험까지도 손에 넣었다고 할 수 있었다.

김인수는 의무를 이행했고, 업적을 쌓았다.

하지만 그러던 와중에 그가 잊어버린 것이 있었다.

그건 바로 자기 자신을 위한 삶을 사는 법이었다.

"연방의 자원을 지구에 수출하면 거금을 손에 쥘 수 있겠지 이거 내 오만일지도 모르지만 어쨌든 지구인들은 에스파다 도 오르텐을 그리 싫어하지는 않은 것 같으니 권력을 손에 쥘 수도 있을 것 같아."

거기까지 말한 김인수는 다시 한 번 한숨을 푹 내쉬었다.

"하지만 별로 그러고 싶지 않군."

지금 지구는 차원 균열의 영향에서는 많이 벗어나 이제는 적어도 이전보다는 안전한 에너지원으로 활용할 수도 있게 되었건만. 아직까지도 고립주의에 빠져 각각의 국가들이 이권과 패권을 다투며 이전투구를 벌이고 있었다.

　20년 전의 SF소설에는 2020년쯤 되면 인류가 하나의 국가로 번영하리라는 이상향을 그려놓고 있었지만, 2030년이 넘어간 지금도 인류는 별로 변하지 않았다. 이상과 현실의 차이라 할 수 있으리라.

　그런 지구에 뛰어들어 뭘 해보리라는 생각은 영 들지 않았다.

　지금은 어엿한 대기업의 회장님이 된 현오준도 바쁜 와중에 휴가를 내서 이쪽에 피신해 와서는 한숨을 푹푹 내쉬며 김인수에게 하소연하기 일쑤였다.

　정계에 진출한 유곽희도 별로 다르지 않았다. 휴가랍시고 여기 와서 전선에 투입되어 차원 능력을 마구 휘두르며 스트레스가 확 풀린다고 말할 땐 약간 그녀의 인성에 대해 의심도 들었다.

　그만큼 쌓인 게 많은 것이리라. 외교와 교섭에 유혹 같은 능력을 쓸 것도 아닐 테니, 여기에서와는 전혀 다른 기술과 능력이 필요할 것이고. 숨 쉬는 것처럼 능력을 사용할 수 있는 그들에게는 갑갑하고 답답한 일상이기도 하리라.

사람들과 부대끼면서 사는 것도 나름의 맛이 있기는 하겠지만, 김인수는 그게 자신의 취향은 아니리라고 확신하고 있었다.

"그야 그럴 테죠!"

마치 김인수가 재미있는 농담이라도 한 것 같이, 이지희가 깔깔대며 웃었다.

"이미 이 열두 개의 강이 흐르고 다섯 개의 산맥이 가로지르는 차원 연방의 주인이신데요? 여기 있는 모든 것이 스승님의 것인데, 이제 와서 지구의 금과 권력이 탐나는 게 더 이상하죠! 지금 지구로 돌아가 봐야 번잡스럽기만 할걸요?"

"어, 그건 그렇네."

영토의 넓이로만 따지자면 이미 김인수는 러시아만큼의 국토를 일궈냈다. 웬디 혼자서는 도저히 운영이 안 되서 차원 가지를 몇 개로 분할해서 분봉까지 했으니 명실상부한 황제나 다름없었다. 본인이 싫어서 여길 제국이라 칭하지 않았을 뿐, 그는 여기에서 이미 진가규가 이룬 것 이상을 이뤘다.

아니, 김인수는 이미 황제 이상이다. 막대한 차원력이 휘몰아치는 틈새 차원의 특성상, 마음만 먹고 대가만 치르면 물리 법칙조차 뒤틀 수 있으니 가히 신의 영역에 근접했다고 해도 과언은 아니었다.

이미 여기서 이만큼을 이뤘는데 왜 지구로 돌아가 다시 밑바닥부터 쌓아올리겠는가?

김인수가 자신의 말에 납득하고 고개를 끄덕이자 이지희는 다시 크게 웃었다. 그게 조금 약이 올라서, 김인수는 반격을 해보기로 했다.

"그럼 넌 뭘 하고 싶은데?"

"제가 하고 싶은 건 10년 전부터… 이지희로서 살기 전부터 정해져 있어요."

웃음을 그치고, 이지희가 진지한 말투로 말했다.

"저기, 스승님."

"왜?"

"이 연방에 주민이 너무 적은 것 같지 않아요?"

"주민?"

"네."

이지희는 고개를 끄덕였다.

"차원 괴수들 말고요."

"흠… 그래? 그럼 지구에서 어벤저들을 좀 데려와 볼까? 어차피 이대로는 테라포밍이 너무 늦어져서 정착 사업도 실시해야 하니."

"저한테 더 좋은 생각이 있어요."

이지희는 고혹적으로 웃었다.

"아이를 낳죠. 그것도 많이."

"아이?"

"네!"

이지희가 눈을 반짝거렸다.

"연화 보셨잖아요. 이 틈새 차원에서는 사람의 성장이 빨라져요. 저도 조금 더 빨리 여기 들어왔으면 좋았을 텐데. 걔 가슴 커진 거 보셨어요?"

"넌 갑자기 무슨 소릴 하는 거냐."

"어쨌든! 그렇다면 여기에서 아이를 낳으면 그 아이들도 엄청나게 빨리 자랄 거라는 결론을 내릴 수 있죠. 금방 이 차원 가지의 인구가 불어날 거예요."

"그래서? 그 아이들은 누가 낳지?"

"그……! 건……."

이지희는 뭔가 의욕에 차서 말하려다가, 뒤늦게 찾아온 부끄러움에 입을 다물고 몸을 배배 꼬기 시작했다. 그러다 갑자기 풀이 죽어 고개를 숙이더니, 면목 없는 듯 헤헤 웃었다.

"연화요?"

"연화?"

"…네."

조금 전까지의 들뜬 표정은 어딜 간 건지, 이지희의 표정은 진지했다.

"연화는 스승님을 좋아해요."

"알아."

"이제 더 이상 아이도 아니죠."

"알고 있어."

"그렇다면… 그럼 더 이상 거부하실 수도 없으시겠네요."

"……."

이지희가 무슨 소릴 하는 건지 찬찬히 들어보기 위해, 김인수는 입을 다물고 그녀를 응시했다.

"그 아이는 좋은 아이예요. 착한 아이죠. …스승님하고도 잘 어울린다고 생각해요."

"지희야."

"저는!"

이지희는 김인수의 말을 막으려는 듯, 소리치듯 말했다.

"연화를 죽이려고 했었어요. 연화가 제게서 스승님을 빼앗아 갈 거라고 생각해서……."

"그건……."

"제가 생각한 게 아니라고 변명하는 건 간단하죠. 그래요, 그건 무르아냐의 생각이었어요. 하지만 지금 저는 무르아냐이기도 해요. 그러니까 그건 제 생각이었던 거죠. 이지희로서의 저도 마음속 어딘가에서 같은 생각을 하고 있기에, 저는 연화에게 살의를 품을 수 있었던 거라고 생각해요."

이지희의 목소리는 점점 더 빨라지고 있었다. 그러나 그것도 곧 한계였다.

"저는 벌을 받아야 해요. …저는 스승님과 어울리지 않아요. 그런 행복한 결말은 제 이야기의 결말로… 악역의 결말로 어울리지 않아요."

뚝뚝 끊어지는 이지희의 말 사이의 빈자리를 눈물이, 울음을 참는 숨소리가 메웠다. 그런 그녀를 바라보며, 김인수는 후하고 한숨을 내쉬었다.

"오만하구나, 이지희."

"…네?"

김인수의 말이 너무나도 의외였던 듯, 이지희는 눈물이 뚝뚝 흐르는 눈을 크게 뜨고 자신의 스승을 올려다보았다.

"예전부터 나는 무르아냐의 마음을 받아들일 생각은 없었어."

"아……."

이지희의 눈동자가 충격의 빛으로 물들어갔다. 이미 한 번 거절당했다고 한들, 다시 한 번 거절당하는 것은 그녀에게 있어서도 가슴 아픈 일인 모양이었다. 그때의 그녀는 무르아냐였고, 지금의 그녀는 이지희임에도 불구하고도.

그러나 김인수는 상관하지 않고 계속해서 말했다.

"그럴 여유도 없었고, 다른 게 더 중요하다고 생각했던 것도 있었지만. 그런 이유만은 아니야. 무르아냐가 인간이 아니란 건 별로 문제가 되지 않았지. 제자를 여자로 보기 힘들었다는 이유도 아니야. 내가 무르아냐를 받아들일 수 없었던 이유는 바로 이런 이유야."

"바로, 이런……?"

"그래, 이야기의 결말을 자기 마음대로 정하는 게 마음에 들지 않았어. 그 오만함이 영 마음에 안 들었단 말이야. 자신의 출신이 문제라고 생각하고 멋대로 리셋하려고 하질 않나, 이번엔 멋대로 자신을 악역으로 만들질 않나."

"……!"

이지희는 면목 없는 듯 김인수의 시선을 피해 고개를 숙였다. 그런 이지희의 턱에 손을 대어, 김인수는 억지로 자신과 시선을 맞췄다. 그의 평소와는 다른 태도에, 이지희는 긴장한 듯 마른침을 삼켰다. 그녀의 목울대가 움직이는 것을 보며 김인수는 후, 하고 웃었다.

"이지희는 그렇지 않았지."

"네?"

"나는 이전부터 이지희라는 여자를 소유하고 싶다고 생각했다. 사랑과는 거리가 조금 있을지도 모르는 감정이라고 스스로 판단했었지."

"스, 스승님."

이지희는 놀라 말을 더듬었다.

"넌 이제 내 제자가 아니다."

"네, 예?!"

"네게 더 가르칠 게 없기 때문이다. 나를 더 이상 스승이라고 부르지 마라."

"그, 럼……."

울먹거리는 이지희의 표정을 들여다보며, 김인수는 가학적으로 미소 지었다. 그의 손은 여전히 그녀의 턱을 들어 올려 시선을 피하지 못하게 만들고 있었다.

"조금 전엔 잘도 오만한 소릴 그 입으로 지껄였겠다. 대담한 발언도 하고 말이야."

"스, 아니, 저……."

"네가 내 제자가 아니게 되었다 한들, 난 널 놓아줄 마음이 없어."

"어… 저……."

"내 것이 되어라, 이지희."

"……!"

이지희의 얼굴이 진홍으로 확 물들었다. 그리고 참고 있던 눈물이 터졌다. 자신의 턱을 짚은 김인수의 손을 확 치우며, 이지희는 소리를 빽 질렀다.

"너, 무, 해요……! 너무해요, 스승님……!!"

"스승님이라고 부르지 말라니까."

"그럼 뭐라고 불러요!!"

"네 멋대로 불러봐."

"…아저씨……."

"…그거 말고."

이지희가 수줍게 웃었다.

"서방님, 할게요."

김인수는 '후' 웃었다.

"그렇게 해."

*　　　*　　　*

"아무리 그래도 그렇지, 아이를 백 명이나 낳는 건 너무한 거 아니에요?"

오연화가 질린 듯 말했다.

김인수가 이지희를 선택한 후, 그녀는 구문효와 함께 틈새 차원을 떠나 지구로 돌아가 있었다.

1년 후에는 청첩장이 날아왔다. 구문효가 대체 무슨 짓을 했는지, 오연화의 마음을 사로잡아 결혼에까지 골인해 버린 것이다. 아마도 구문효가 직접 만든 파르페가 둘 사이에 꽤 큰 역할을 했을 거라고 김인수는 믿어 의심치 않았다.

오연화가 구문효와 결혼식을 올린 후 1년 동안 소식 없이 지구에서 잘 살다가, 자신의 결혼기념일이랍시고 불쑥 찾아온 게 지금이었다.

그래서 지금 여기서 오연화가 보고 있는 광경이 이것이었다.

김인수와 이지희 사이에서 난 아이들.

일백 명.

"나는 내가 암탉이 된 기분이었어."

이지희가 어딘지 모를 먼 곳을 바라보며 덧없이 말했다. 그야말로 매일매일 애를 낳은 거나 다름없으니, 이지희의 암탉이라는 비유는 의외로 맞아드는 면이 없지 않았다.

물론 이건 그녀가 원한 것이긴 했다. 아주 많은 아이를 낳아 이 텅 빈 공간을 채우는 것. 그래도 아무리 원했던 바라한들, 고충은 고충으로 느껴지게 마련이다. 그래서 김인수는 굳이 그 사실을 지적하지는 않았다.

"틈새 차원의 젊은 차원력 때문일 거야. 뭐, 나도 여기서 애를 낳아본 적은 그전까지 없었으니 이번에 처음 알게 된 거지만. 여기선 하루 만에 바로바로 애가 나오더라고. 게다가 다들 어벤저의 소양을 갖고 있지."

대신 김인수는 이렇게 덧붙였다.

"그리고 2년 만에 이렇게 크고요?"

"아니, 1년 만이야."

입에 손가락을 물고 오연화를 올려다보고 있는 예순여섯 번째 아들을 가리키며, 김인수는 말했다. 지구인의 기준으로는 다섯 살 정도는 되어보이지만, 사실 아직 만으로 한 살이다.

"너희 애도 여기 두면 바로바로 클걸?"

"히익?!"

오연화의 반응에, 김인수는 크게 웃었다.

"어쨌든 왜 지구에 못 돌아오나 했더니, 이걸 보고나서 납득이 갔어요. 그야 이 정도로 애들을 많이 키우고 있으면 정신없어서 못 올 만도 하네요."

"응⋯⋯. 뭐, 사실 그렇게까지 손이 많이 가는 아이들은 아니지만. 금방금방 크는 데다, 다들 튼튼해. 웬디도 도와주고 있고."

이지희는 면목 없는 듯 말했다.

"그래도 일단 숫자가 있다 보니⋯⋯. 집들이 못 가서 미안해."

"결혼식에는 왔지만요."

"그거야, 뭐⋯⋯."

"내가 좋아했던 남자를 데리고. 무신경하게."

"하하하하."

마른 웃음을 짓고 있는 이지희를 흘겨보며, 오연화가 문득 말했다.

"행복해요?"

"응."

단 한순간의 망설임도 없는 대답이었다.

"그럼 됐어요."

오연화는 홀가분한 듯 대꾸했다.

*　　　　　*　　　　　*

가족을 잃었던 남자가 여기 있다. 그가 입었던 상처는 결코 회복되지 않고, 언제든 다시 벌어져 잃어버렸던 것을 생각나게 하리라.

그럼에도 불구하고, 그는 지금 자신이 행복하다고 말할 수 있게 되었다.

그가 입은 상처는 앞으로도 완전히 치유되지는 않겠지만, 그 상처로 인한 고통을 잊는 것은 가능하리라. 시간이 갖는 가장 강력한 잔혹함은 망각이다. 고통을 완전히 잊는 것은 불가능하겠지만 기억은 켜켜이 쌓이고, 과거의 상처보다 현재와 미래의 행복이 더 선명한 법이다.

과거의 불행을 현재와 미래의 행복으로 덮을 수 있냐고 묻는다면, 답은 '그렇다'이다.

그리고 그는 앞으로도 오래도록 행복할 것이다. 그가 새로이 맞이한 가족들에게 둘러싸여, 오래오래 행복하게 살리라.

『귀환해서 복수한다』 완결

이제부터 전자책은

이젠북

www.ezenbook.co.kr

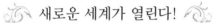 새로운 세계가 열린다!

김재한 『성운을 먹는 자』	철백 『대무사』
니콜로 『마왕의 게임』	가프 『궁극의 쉐프』
이경영 『그라니트:용들의 땅』	문용신 『절대호위』
탁목조 『일곱 번째 달의 무르무르』	천지무천 『변혁 1990』
강성곤 『메이저리거』	SOKIN 『코더 이용호』

이름만 들어도 황홀할 정도의 별들의 향연!
이들의 "유료연재"가 시작됩니다!

검색창에 **이젠북**을 쳐보세요! ▼

초대형 24시 만화방

신간 100%, 샤워실, 흡연실, 수면실(침대석), 커플석, 세탁기 완비

■ 시흥 정왕25시점 ■

경기 시흥시 정왕동 1742-13 미스터피자 건물 5층
031) 319-5629

■ 강북 노원역점 ■

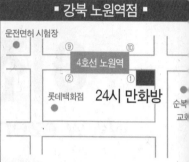

서울 노원구 상계동 340-6 노원역 1번 출구 앞 3층
02) 951-8324 (화용빌딩 3층)

■ 일산 정발산역점 ■

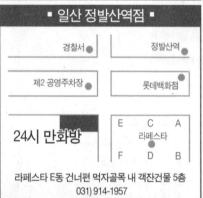

라페스타 E동 건너편 먹자골목 내 객잔건물 5층
031) 914-1957

■ 일산 화정역점 ■

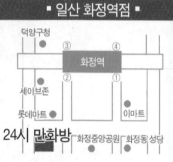

경기도 고양시 덕양구 화정동 984번지 서일빌딩 7층
031) 979-4874 (서일사우나 건물 7층)

■ 부천 역곡역점 ■

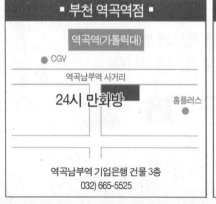

역곡남부역 기업은행 건물 3층
032) 665-5525

■ 부평역점 ■

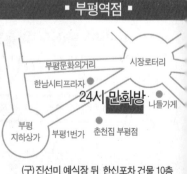

(구) 진선미 예식장 뒤 한신포차 건물 10층
032) 522-2871

궁극의 쉐프

Ultimate chef

가프 장편소설

FUSION FANTASTIC STORY

태초의 우물에서 찾은 사막의 기적.
사람의 식성과 식욕을 색으로 읽어내는 능력은
요리의 차원을 한 단계 드높인다.

『궁극의 쉐프』

요리란!
접시 위에 자신의 모든 것을 담아내는 것.

쉐프긴!
그 요리에 자신의 가치를 증명하는 사람.

"요리 하나로 사람의 운명도 좌우할 수 있습니다."

혀를 위한 요리가 아닌, 마음을 돌보는 요리를 꿈꾸는
궁극의 쉐프 손장태의 여정이 시작된다!

Book Publishing CHUNGEORAM

유행이 아닌 자유추구 -
WWW.chungeoram.com

철순 장편소설
FUSION FANTASTIC STORY

괴물 포식자

지구 곳곳에 나타난 차원의 균열.
그것은 인류에게 종말을 고하는 신호탄이었다.

『괴물 포식자』

괴물을 먹어치우며 성장한 지구 최강의 사내, 신혁돈.
그는 자신의 힘을 두려워한 인류에 의해
인류의 배신자라는 낙인이 찍히고 죽게 되는데…

[잠식이 100%에 달했습니다.]
[히든 피스! 잠들어 있던 피닉스의 심장이 깨어납니다.]

불사의 괴물, 피닉스의 심장은
신혁돈을 15년 전으로 회귀하게 한다.

먹어라! 그리고 강해져라!
괴물 포식자 신혁돈의 전설이 시작된다!

Book Publishing CHUNGEORAM

유행이 아닌 자유추구 -
WWW.chungeoram.com

FUSION FANTASTIC STORY

김대산 장편소설

완전반지

2년 차 대한민국 취업 준비생 김철민.

친척 하나 없는 사고무친의 처지로 앞날이 막막하기만 하던 어느 날,
우연치 않게 산 로또가 1등에 당첨된다.
아니, 그가 1등에 당첨되도록 만들었다.

혼자만의 상상으로만 해왔던 이상한 놀이
'시거'가 현실로 이루어진 것이다.

졸부(猝富), 그리고 '시거'와 함께
또 하나의 이상한 현상인 '슬비'가 더해지면서,

그의 일상은 이윽고
예측할 수 없는 격변 속으로 빠져든다.

Book Publishing CHUNGEORAM

유행이 아닌 자유추구 -
WWW.chungeoram.com

FUSION FANTASTIC STORY

가프 장편소설

시크릿 메즈
SECRET MEZ

―너는 10,000개의 특별한 뉴런을 더하게 되었어.
매직 뉴런, 불멸의 뉴런이지.

실험실 알바를 통해 만난 '6번 뇌'.
우연한 만남은 이강토를 신비의 세계로 이끈다.

『 시크릿 메즈 』

매직 뉴런을 탑재한 이강토의
정재계를 아우르는 좌충우돌 정의구현!
긴장하라, 당신이 누구든 운명은 이미 그의 손안에 있으니!

"무슨 꿍꿍이가 있는지, 어디 한번 봐볼까?"

Book Publishing CHUNGEORAM

유행이 아닌 자유추구―
WWW.chungeoram.com

미러클
테이머

인기영 장편소설
FUSION FANTASTIC STORY

MIRACLE
TAMER

이계로 떨어져 최강, 최고의 테이머가 되었다.
그러나… 남은 것은 지독한 배신뿐.

배신의 끝에서 루아진은 고향, 지구로 되돌아오게 되는데……
몬스터가 출몰하기 시작한 지구!
그리고 몬스터를 길들일 수 있는 테이머 루아진!
그 둘의 조합은……?

『미러클 테이머』

바야흐로 시작되는
테이머 루아진과 몬스터들의 알콩달콩한
대파괴의 서사시!!

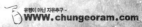

Book Publishing CHUNGEORAM

유행이 아닌 자유추구 -
WWW. chungeoram.com

이모탈 퓨전 판타지 소설
FUSION FANTASTIC STORY

용병들의 대지
Road of Mercenaries

이 세계엔 3개의 성역이 존재한다.
기사들의 성역, 에퀘스.
마법사들의 성역, 바벨의 탑.
그리고… 그들의 끊임없는 견제 속에 탄생하지 못한

『용병들의 대지』

전쟁터의 가장 밑을 뒹굴던 하급 용병 아론은
이차원의 자신을 살해하고 최강을 노릴 힘을 가지게 된다.

그의 앞으로 찾아온 새로운 인생!
아론은 전설로만 전해지던
용병들의 대지를 실현시킬 수 있을 것인가!

Book Publishing CHUNGEORAM

유행이앞선 자유주의
WWW.chungeoram.com

FUSION FANTASTIC STORY

텀블러 장편소설

현대
천마록

천하를 호령하고 전 무림을 통합한
일월신교의 교주 천하랑.
사람들은 그를 천마, 혹은 혈마대제라고 불렀다.

『현대 천마록』

무공의 끝은 불로불사가 되는 것이라 생각했지만
그로서도 자연의 섭리 앞에선 어쩔 수 없었다!

'그렇게 많은 피를 흘렸음에도 불구하고
죽을 때가 되니 남는 것이 없군그래.'

거듭된 고련 끝에 천하랑의 영혼이
존재하지 않게 된 그 순간

그의 영혼은 현세에서 천마로서 눈을 뜬다!

Book Publishing CHUNGEORAM

유행이 아닌 자유추구 -
WWW.chungeoram.com

FUSION FANTASTIC STORY

가프 장편소설

시크릿 메즈

SECRET MEZ

—니는 10,000개의 특별한 뉴런을 더하게 되었어.
매직 뉴런, 불멸의 뉴런이지.

실험실 알바를 통해 만난 '6번 뇌'.
우연한 만남은 이강토를 신비의 세계로 이끈다.

『시크릿 메즈』

매직 뉴런을 탑재한 이강토의
정재계를 아우르는 좌충우돌 정의구현!
긴장하라, 당신이 누구든 운명은 이미 그의 손안에 있으니!

"무슨 꿍꿍이가 있는지, 어디 한번 봐볼까?"

Book Publishing CHUNGEORAM

유행이 아닌 자유추구 -
WWW.chungeoram.com